Denise Bombardier

Une enfance à l'eau bénite

roman

Éditions du Seuil

TEXTE INTÉGRAL

EN COUVERTURE :
Frederick B. Taylor. Rue St Norbert, 1952.
Huile sur toile 101,6 × 75,2 cm.
Musée McCord d'histoire canadienne, Montréal.

ISBN 2-02-011625-1
(ISBN 1re publication : 2-02-008709-X)

Une enfance à l'eau bénite

Une enfance difficile, inquiète, pleine d'exaltations brusques et de douleurs à vif. Une enfance de petite Canadienne française culturellement démunie mais désireuse, jusqu'à l'obsession, d'apprendre. Sans aucun livre à la maison et avec des biographies de saints à l'école, le défi est de taille.

Elle le relèvera pourtant, ce défi. Elle échappera à la loi du sexe et de son milieu. D'un côté, le poker, la boisson forte, une tribu de femmes. De l'autre, un père qui a choisi — une fois pour toutes — les Anglais pour maîtres. Au milieu, le bon parler français dispensé par des Françaises venues de France. Sans compter les Irlandais, les Juifs, les communistes, le péril jaune vus par les missionnaires.

Et, pour couronner le tout, la toute-puissance de l'Église catholique romaine, qui serine à longueur de journée, à longueur d'année : « Pensons à la mort », « Seul le Christ est digne de votre bouche », « Le démon, c'est un peu tous les hommes, sauf les prêtres, les frères enseignants et les riches industriels catholiques qui font travailler les pauvres », « L'impudeur, ça commence par les pieds et ça monte. N'oubliez pas de mettre des bas ». Ne parlons pas du french-kiss, ni du rouge à lèvres fabriqué à partir de graisse de nègres.

Seigneur ! Quelle vitalité...

Née à Montréal dans les années quarante. Elle anime une émission politique et culturelle à la télévision canadienne. Elle a publié aux Éditions Robert Laffont La Voix de la France *et* Le Mal de l'âme *(en collaboration avec Claude Saint-Laurent), ainsi que* Une enfance à l'eau bénite *(Seuil, 1985) qui a été remarquablement accueilli par la presse et le public.*

Du même auteur

AUX MÊMES ÉDITIONS

Une enfance à l'eau bénite
roman, 1985

Tremblement de cœur
roman, 1990

CHEZ D'AUTRES ÉDITEURS

La voix de la France
essai
Éditions Robert Laffont, 1975

Le mal de l'âme
essai
(en collab. avec Claude Saint-Laurent)
Éditions Robert Laffont, 1989

A mon fils, Guillaume-Antoine SYLVESTRE

J'ai fait ma première communion en état de péché mortel. Du moins l'ai-je cru. La religieuse, en préparant notre confession, insiste beaucoup sur les péchés d'impureté. J'ai six ans, je me sens impure et suis incapable de l'avouer au prêtre. Le sentiment de culpabilité m'accompagnera jusqu'à la fin de mon adolescence. Et, bien sûr, avec cette culpabilité, une immense solitude. Je suis seule à être si méchante, j'ai commis un sacrilège qui s'amplifie au fur et à mesure que les fausses confessions et les communions s'additionnent. Mais, de ce fait, je suis unique, exceptionnelle. La culpabilité, curieusement, ne produira pas sur moi d'effet paralysant. Elle s'avérera, en un sens, stimulante. Si je suis la pire des pécheresses aux yeux de Dieu, il me faut être la meilleure face aux adultes qui m'importent : mes parents et mes maîtres. Par mes réussites scolaires, je parviendrai à mon but.

La honte fut un autre des sentiments qui m'habitèrent dans l'enfance. Mon père répète constamment que les Anglais sont nos maîtres. Ils sont ses patrons et je comprends très vite qu'ils sont Les Patrons. Deux familles anglaises vivent à côté de chez nous. Nos jeux d'enfants se transforment souvent en bataille anglo-française. Mon camp est celui des Anglais dont j'apprends rapidement la langue. Lorsque, avec ma mère, je me rends dans les grands magasins de l'Ouest montréalais, je m'adresse à elle en anglais dans les ascenseurs bondés. Pour rien au monde, on ne doit deviner mon origine.

Il y a plus : je vis déchirée entre les valeurs de mon milieu et celles de mon père. Dans le Québec de la fin des années quarante, tout le monde pratique la religion catholique romaine. Et tout le monde considère les prêtres comme intouchables. Sauf mon père. Non seulement il ne fréquente pas l'église, mais il blasphème et injurie les prêtres. Je suis terrorisée à l'idée que quelqu'un l'apprenne et je crains la vengeance du bon Dieu sur nous.

Ma mère contribuera, de son côté, à mon déphasage en m'éduquant dans les valeurs d'un milieu social supérieur au mien. Cours de diction, de danse et de chant : je me transformerai en ce que les Américains appellent une *achiever*. Entourée, dans ces écoles privées, d'enfants dont les pères avaient des professions libérales, je reconvertis d'instinct le métier du mien. De technicien en électricité à l'Hydro-Québec, j'en fais un ingénieur forestier. Une de mes tantes préférées, ouvrière dans une entreprise manufacturière, devient officiellement une maîtresse d'école.

J'aime beaucoup l'école et les religieuses qui y enseignent. J'aime l'atmosphère de l'école avec son rituel : la sonnerie de la cloche à heures fixes, les rangs pris par ordre de grandeur, les récréations si précieuses parce que limitées dans le temps. Mais j'adore, avant tout, apprendre. En dépit de notre éducation catholique fermée, la connaissance réussira à se frayer un chemin. Je veux toujours en savoir davantage. Alors, le soir, ma mère me récite des noms de pays qu'on m'a appris :

la France, notre mère patrie, la Russie qui m'effraie à cause des communistes, les États-Unis, notre riche voisin, l'Italie bénie, pourvoyeuse de papes, l'Angleterre, notre hautaine conquérante, et j'essaie d'en deviner les capitales.

Des religieuses, j'aime l'odeur, sèche et douce à la fois, qui vient, dit-on, de leur savon, fabriqué par la communauté. Elles sont parfois injustes envers les élèves pauvres, sales ou lentes d'esprit. Je dégage le parfum du savon Camay, je leur parle de mes amies, filles de médecin, et j'apprends plus vite que les autres. Nous nous aimons. De plus, elles sont femmes, et les hommes, mon père blasphémateur au premier chef, me font peur. Ainsi se déroulera mon enfance. Une enfance difficile, inquiète, pleine d'exaltations brusques et de douleurs à vif. Une enfance de petite Canadienne française, culturellement démunie mais désireuse, jusqu'à l'obsession, d'apprendre. Sans aucun livre à la maison et avec des biographies de saints à l'école, le défi est de taille.

1

La guerre fut une période de prospérité. Nous fabriquons le matériel avec lequel s'entre-tuent les Européens aidés d'un certain nombre des nôtres. Ce développement économique perturbera notre société, endormie à l'ombre des clochers. En effet, le travail des femmes, devenu nécessaire dans les usines pour assurer la production, remettra en cause l'équilibre familial. Le clergé s'empressera d'ailleurs de le dénoncer comme une atteinte aux bonnes mœurs. La place de la catholique est au foyer ou à l'église. En travaillant à l'extérieur, affirme-t-on du haut de la chaire, la femme subit des influences néfastes qui, tôt ou tard, l'éloigneront de la religion. Et non seulement les femmes quittent leur foyer, mais les cultivateurs abandonnent les terres ancestrales pour devenir la main-d'œuvre industrielle et urbaine. Or, la terre a toujours été, pour les Canadiens français, le lieu de repliement et de sécurité. Vaincus par les Anglais, en 1759, sur les plaines d'Abraham, minoritaires à Montréal par la suite, c'est dans la vallée du Saint-Laurent, dans ces villages où régnaient les curés et quelques seigneurs, que les Canadiens français retraitèrent. C'est là aussi qu'ils se reproduisirent en si grand nombre, car notre revanche fut celle des berceaux.

La Première Guerre mondiale avait déjà produit une commotion sociale. La Seconde l'accentuera. D'autant plus que les Canadiens français ne veulent pas aller mourir pour l'Angleterre, les Anglais et leur roi. Lors d'un référendum, décrété à travers le Canada, seuls les francophones refusèrent massivement l'appel sous les drapeaux. La majorité anglophone, fidèle à l'Empire britannique, en décida autrement. De force, on mit le fusil sur l'épaule des Tremblay, des Jolicœur, des Chapdelaine. Ce fut la Conscription. Certains jeunes se réfugièrent dans les forêts, avec la complicité de la population. Mais le froid ou les chiens policiers finirent par avoir raison d'eux. Ils reposent depuis, comme cet oncle inconnu, en sol normand. Ce n'est certes pas le retour aux sources qu'ils avaient souhaité.

Peu de gens voient dans cette guerre la défense de l'humanité. Hitler ne suscite pas de craintes, à tout le moins au début. D'autant plus qu'il est l'allié de Mussolini, fort apprécié au Québec dans les milieux cléricaux. On le citera en exemple à l'école et ce, bien après la guerre, pour avoir signé le concordat entre l'Église et l'État. Longtemps, je me méfierai des Italiens qui l'ont traîné dans les rues par les pieds après l'avoir tué. Mussolini aura d'ailleurs ses émules chez nous : les chemises brunes, qui détestaient les Juifs, saluaient à l'hitlérienne et se mariaient en groupe à la cathédrale de Montréal. Dans ma famille, on ne manifestait aucune sympathie à leur endroit. Ma tante avait appris le yiddish en travaillant comme bonne chez des Juifs commerçants qui nous faisaient crédit. Je me souviens de M. Goldberg, qui venait percevoir quelques dollars chaque mois à la maison. Il était très poli, parlait notre langue et nous donnait des bonbons. Les Juifs, disait-on autour de moi, travaillaient plus que nous, étaient gratteux, c'est-à-dire économes et, surtout, s'entraidaient. Nous, les Canadiens français, ne cessions de nous manger la laine sur le dos.

J'ai de vagues réminiscences de la fin de la guerre. Je me souviens de tickets de rationnement pour le beurre et le chocolat. D'ailleurs, mon seul souvenir précis, j'avais quatre ans, est le retour d'un de mes oncles, soldat. Il débarqua, les poches bourrées de tablettes de chocolat à la noix de coco, et j'eus donc beaucoup de peine à comprendre pourquoi il n'avait pas aimé son séjour dans les vieux pays.

De mes premières années de conscience, je retiendrai peu de choses : quelques émotions seulement. D'abord, la peur de mon père. Une peur qui se transformera, à l'adolescence, en une haine douloureuse et, à l'âge adulte, en une tristesse inguérissable. Une obsession de l'argent, accentuée par la mentalité d'un milieu à la recherche éperdue d'élévation sociale. Un sentiment aigu que la vie n'est qu'une bataille contre les autres, tous les autres, donc que le repos est menaçant. Enfin, la conscience vive de la difficulté et de l'ennui d'être fille. D'ailleurs, je ne tarderai pas à devenir un garçon manqué.

L'entrée en classe cristallisera en moi la déchirure que je porterai comme une maladie honteuse tout au long de l'enfance : l'incroyance de mon père dans cette sorte d'Espagne nord-américaine que représentait le Québec catholique d'avant 1960. Je fus témoin de la lutte livrée par ma mère pour empêcher mon père de m'inscrire à l'école anglo-protestante. Il le désirait à la fois pour des raisons antireligieuses et sociales.

« Les Anglais sont nos maîtres, et les curés des ignorants bornés qui vous entretiennent dans la religion pour mieux vous dominer, dominer le Culbec. »

C'est ainsi que mon père désignait notre belle province. Avec mépris et sarcasme. Il acceptait la Conquête, mais il refusait la domination cléricale, pire à ses yeux que la défaite de 1759. J'entrai à l'école française catholique, et la rupture avec lui fut définitive. Jamais il ne s'intéressera à mes activités scolaires et, en retrouvant les bulletins de notes mensuels de mes sept premières années, je constaterai qu'il n'en a signé aucun. L'école, les sœurs, la connaissance et la morale appartiendront désormais à mon univers maternel.

Le quartier de mon enfance, dans le nord de Montréal, était habité par la petite classe moyenne canadienne française. Nous demeurions à l'étage d'un petit duplex. Les MacFarlane occupaient le rez-de-chaussée. Irlandais, ils buvaient sec les fins de semaine, et chantaient alors des complaintes tristes qui me touchaient sans que j'en saisisse le sens, et des chants militaires qui me rendaient perplexe. Mme MacFarlane me fascinait. Elle détestait les Anglais et crachait même au pied de la statue de la reine Victoria chaque fois qu'elle passait devant, rue Sherbrooke, dans le centre-ville. Je ne comprenais pas comment elle pouvait haïr des gens qui parlaient la même langue qu'elle. Je savais que nous, Canadiens français, craignions et détestions les Anglais, mais elle, cette petite femme, qui ne connaissait pas un mot de français... Quel mystère! De plus, elle apprenait à son fils de cinq ans à battre les enfants Smith, nos voisins de droite. J'étais prise dans un dilemme. J'aimais ce Johnny irlandais, dont je parlerai très tôt la langue; les frères Smith me protégeaient des attaques de voisins français, qui ne supportaient pas de me voir jouer avec ces « têtes carrées », et d'autres enfants m'utilisaient comme interprète et médiatrice. C'était beaucoup pour mes frêles épaules, et les uns comme les autres finiront par me gifler et me donner des coups, selon les conflits de groupe du moment. Car une de nos principales activités consistait à nous bagarrer. Nos jeux se terminaient toujours par des injures et des égratignures. Les parents encourageaient leurs rejetons mâles à rendre coup pour coup. Certains pères leur donnaient même des leçons de boxe en public dans la ruelle. Les valeurs auxquelles adhéraient ces travailleurs, une volonté, entre autres, de s'en sortir à tout prix, n'étaient sans doute pas étrangères à ces comportements agressifs.

La rue et la ruelle, qui constituaient notre unique terrain de jeu, étaient des endroits attirants et redoutables à la fois. Particulièrement pour les filles car, avant de se battre entre eux, les garçons nous attaquaient avec une farouche unanimité. Mon père répète à la maison que la femme est la servante de l'homme. C'est exactement ce qui se passe dans nos jeux. Au base-ball, les filles servent de « vaches », c'est-à-dire que les garçons nous envoient courir après les balles. Jamais nous ne sommes lanceurs ou frappeurs. Quand nous jouons au père et à la mère, le père décide de l'heure du goûter et se fait servir la plus grande part de biscuits et de gâteaux. Peu à peu, je me retrouve seule fille dans le groupe de garçons. Je mérite ce privilège en sautant de toits plus élevés, en recevant plus de coups sans broncher et en tapant même sur des filles en leur compagnie. Confusément, je me sens une traîtresse envers mon sexe mais ma vie en devient tellement plus excitante. Déjà, à quatre ans, je répondais aux adultes qui m'interrogeaient que je voulais devenir un garçon. N'était-ce pas aussi la seule façon de ne plus avoir peur de mon père ?

Je fus aimée par un clan de femmes : ma mère, ma grand-mère maternelle et mes tantes. Très tôt, j'eus la certitude d'être la préférée, d'autant plus que ces femmes considérèrent la naissance de mon frère comme un événement mineur. Ce garçon était le fils de son père. Il n'appartenait pas au clan. En revanche, la naissance de ma jeune sœur élargit le cercle maternel. Contrairement à ce qui se passait alors, le garçon ne bénéficia pas d'une éducation supérieure. Nous fûmes les privilégiées : scolarité plus longue, cours de diction, de ballet, de chant et, surtout, affection supplémentaire injustement exprimée devant le petit frère.

Je me souviens d'une tante adorée déposant sur mes genoux une boîte de chocolats et disant à mon frère qu'il n'en recevrait pas parce qu'il n'aimait pas cela. J'avais cinq ans, il en avait deux. Je ressentis très tôt cette opposition entre les deux familles. A la limite, je considérais mon frère comme étranger à mon univers, mon affection pour lui étant oblitérée par la violence de comportement de son père à l'endroit de ma mère, de ma sœur et de moi. Notre mère essayait de son mieux de corriger cet état de choses. Car son amour nous appartenait à égalité. Mais le clan des femmes renversait toujours cet équilibre. Cet amour collectif, puissant et discriminatoire, me sera d'un grand secours tout au long de ma vie. Mais, en même temps, il piégera le chemin menant à l'univers masculin.

Le discours iconoclaste de mon père, comme celui de mon oncle, son frère, me permettait d'échapper au monolithisme de pensée de la société québécoise. Je savais qu'il fallait aller à la messe le dimanche et les jours de fête, j'y accompagnerai d'ailleurs ma mère. Celle-ci inventera une histoire que j'accepterai de croire fort longtemps, sans doute jusqu'à l'âge de sept ou huit ans. Mon père, nous disait-elle, assistait à la messe dans une chapelle du centre-ville près de son bureau. Parfois, les tantes haussaient les épaules lorsque j'abordais cette question avec elles, mais je m'expliquais ces réactions par leur animosité contre mon père. Incontestablement, le doute habitera très tôt mon esprit et, avec lui, une honte paralysante. Je comprendrai que la croyance religieuse, alliée au statut social, représente la meilleure garantie de la respectabilité et de l'accès au monde des privilèges. Mais la faille sera là, recouverte par mon imagination. Il existe, au-delà ou en deçà des réalités officielles, d'autres réalités, gênantes, mais tout aussi vivantes.

Je me distinguerai aussi des autres enfants par mon langage. Dès l'âge de trois ans, je fréquenterai des cours de bon parler français. Ma mère y attache beaucoup d'importance et je réponds à son attente. Je deviens rapidement une des vedettes de ces cours, et mes professeurs me prédisent un bel avenir. Je m'exprime avec beaucoup d'aisance, ce qui provoque, à l'école, l'admiration des religieuses et l'envie, donc la méchanceté, de plusieurs compagnes. Je comprends qu'il y a deux niveaux de langage, celui des cours de diction, où l'on dit : « Maman m'a grondée », et celui de la rue où cela devient : « Môman m'a chicanée. » Je passe de l'un à l'autre, sans problème apparent, mais je développe la fâcheuse tendance à reprendre un peu tout le monde. J'impressionne les adultes, j'en ai conscience, mais les enfants me le font payer en me tirant les cheveux ou en m'égratignant. J'établis alors le lien entre bien parler, être instruite, et être riche. Ce n'est que plus tard, lorsque je comprendrai le sens de la remarque de mon père : « Les Anglais sont nos maîtres », que cette langue française, même bien parlée, m'apparaîtra comme une langue de déclassés et d'inférieurs. Plus tard, c'est-à-dire vers sept ou huit ans. Il m'était donc plus facile de jouer avec des enfants anglais qu'avec mes petits compatriotes, car il n'y a pas de malaise à se sentir différent de gens qui le sont déjà.

Mon vêtement me distinguera encore de mon milieu. Ma tante préférée, ouvrière dans la confection, me faisait tailler des robes dans sa manufacture, tandis que ma mère prenait de l'argent dans les poches de mon père pour m'acheter des manteaux que portaient les petites princesses de la cour d'Angleterre. Je me souviens même des remarques admiratives des voyageurs lorsque nous prenions le tramway ou l'autobus. Ma mère, elle, portait les robes que lui donnaient ses sœurs. Bien qu'heureuse d'être l'objet de l'attention, j'étais gênée, en même temps, de me sentir à part.

J'accéderai, dès le jeune âge, à un autre symbole de richesse : le restaurant. Ma tante prenait grand plaisir à m'y emmener, car je dévorais tout ce que l'on m'offrait. Nous fréquentions deux sortes d'établissements : les rôtisseries et les restaurants du quartier chinois. Mettre les pieds dans ces derniers me semblait la plus grande des audaces et, si j'appréciais la cuisine, j'étais également soulagée de quitter ces lieux inquiétants. Pour tout dire, les Chinois me faisaient peur. Dans ma rue, les enfants écoutaient avec beaucoup de scepticisme mes aventures de restaurants du bas de la ville. Ils réagissaient avec des expressions de dégoût à mes descriptions de menus chinois. Cela me faisait rire, mais le soupçon que ces petits hommes jaunes pouvaient, comme l'affirmaient mes amis, me faire manger du chat, ou du rat, ne me quittera plus. Les longs après-midi pluvieux, les enfants me faisaient décrire, dans le détail, mes aventures de gastronomie exotique. Car, à cette époque, dans le quartier, très peu de gens fréquentaient les restaurants, encore moins ceux du centre-ville. Cela apparaissait comme une extravagance. Ces petits travailleurs qui avaient peu de vacances — une semaine au maximum — économisaient l'argent pour l'achat d'une maison, rêve obsédant de toutes les familles. La fréquentation des restaurants ne cadrait pas avec leur morale puritaine et besogneuse.

Ma tante me fera pénétrer dans un autre univers extraordinaire : celui des joueurs de cartes. Les parties de poker se déroulaient toujours dans des maisons du Sud-Est montréalais, le quartier des prolétaires francophones. A quatre ans, je passais des soirées dans des cuisines enfumées, souvent jusqu'au petit matin, assise aux côtés de ma tante, à regarder ces hommes et ces femmes gagner ou perdre des montagnes de billets de banque. Le cœur me battait chaque fois que ma tante misait gros, et je devins un obstacle au jeu dès que je sus distinguer les cartes. Tous les joueurs découvraient alors si elle avait une bonne ou une mauvaise main. Mes yeux le leur disaient.

Voir ainsi des adultes risquer, apparemment avec insouciance, de perdre ce qui me semblait des fortunes contredisait absolument ce que m'enseignaient mes parents, surtout mon père. Son obsession de l'argent, ses conversations portant presque exclusivement sur cette question, n'était donc pas partagée par toutes les grandes personnes. Ces joueurs de cartes passaient des nuits à se moquer de la crise économique qui pointait à l'horizon et du compte en banque à faire fructifier, en lançant sur la table leur paie hebdomadaire. De plus, ils en riaient en se racontant des histoires que je n'arrivais pas à comprendre. Si l'un d'entre eux jurait en prenant une mauvaise carte, les autres s'esclaffaient. A la maison, lorsque mon père blasphémait, nous avions tous peur. Je découvris, au cours de ces soirées enfumées, qu'on pouvait être plus heureux ailleurs que chez soi. Peu à peu, lorsque mon père critiquera cette tante gaspilleuse, je sentirai monter en moi une haine trop intense pour mes quatre ou cinq ans.

C'est vers cet âge aussi que je pris conscience de l'influence de l'alcool sur les adultes. Fortement marqués par le puritanisme anglo-saxon, les attitudes et les comportements face à l'alcool sont ambigus, et la boisson forte, le vin et la bière sont consommés avec des sentiments de culpabilité. On ne boit pas pour le plaisir, mais pour l'effet. Dans ma famille, les séances se déroulent les fins de semaine et les jours de fête ; oncles et tantes y participent toujours. Jamais mon père ne prend un coup les jours de travail. Quand je voyais les bouteilles sur la table de la salle à manger, j'éprouvais des sentiments partagés. D'abord, je savais que je pourrais très rapidement soutirer assez de sous pour m'offrir tous les bonbons désirés, mais je savais également que la tension augmenterait de façon inversement proportionnelle à la baisse du liquide maudit dans les grosses bouteilles vertes. Ma mère pleurerait de nouveau, mon père serait agressif, ma tante crierait à tue-tête, son mari engueulerait tout le monde, et je serais obligée d'entrer dans la maison sous le regard réprobateur des voisins. Je sentais confusément ces excès comme menaçants, mais la liberté d'action dont je bénéficiais au cours de ces journées compensait un peu le trouble qui m'habitait alors. Plus âgée, j'éprouverai cependant de l'humiliation, de la crainte et une sainte horreur pour ces réjouissances d'adultes qui attristaient mon cœur d'enfant.

Les tabous sexuels de mon milieu s'imposèrent à moi avant même que j'en comprenne les raisons. Encore là, je vivais partagée. Mon père avait l'habitude de se promener nu dans la maison. Plus exactement, il sortait nu, de sa chambre, pour se diriger vers la salle de bains. Chaque fois, ma mère poussait des cris et nous ordonnait de fermer les yeux. Son attitude créait en moi un malaise qui s'amplifiera lorsque, à l'école, la morale viendra condamner de tels comportements. J'apprendrai de ma grand-mère à cacher une certaine partie de mon corps qui, d'ailleurs, n'a pas de nom. Ou plutôt cela se désigne — *et cela* n'est pas précisé — par l'expression « le bisourlou ». Il faut le cacher et le laver rapidement. Ma mère se fera d'ailleurs reprocher par la sienne de me faire porter des robes trop courtes.

Je verrai d'abord celui de mon frère bébé et celui, plus intéressant, des garçons anglophones, plus audacieux que les francophones, qui font pipi sous les perrons. Ils m'obligeront à faire de même chaque fois que je voudrai les regarder et mes premières émotions sexuelles me viendront ainsi d'Irlandais et de Britanniques.

Il y aura donc à mes yeux le sexe dangereux — celui de mon père faisant crier ma mère — et le sexe caché — celui de ma grand-mère et de ma mère. Quand l'enseignement religieux viendra codifier cela en péché mortel ou véniel, une bonne partie de mes énergies me servira à lutter contre ce que j'appellerai mes « mauvaises pensées ».

Des premières sensations physiques que la mémoire ramène à ma conscience, celle du froid occupe presque toute la place. Le froid est à la fois notre géographie et notre histoire. L'« emmitouflement » des bébés est si excessif que son souvenir demeure comme inscrit dans notre corps. Je suis née en décembre, c'est tout dire. Les séances d'habillement étaient des calvaires pour les enfants et pour les parents. Les premiers, suant et hurlant, se font saucissonner jusqu'à en perdre l'équilibre une fois debout, les bottes fourrées aux pieds. A la maison, ces scènes deviennent plus dramatiques encore, mon père m'obligeant à porter de longs sous-vêtements de garçon, avec une braguette et une « porte » derrière. On nous rebat les oreilles avec les descriptions épeurantes d'engelures et de pneumonie, ce qui nous enlève une partie du plaisir de jouer dehors. Nous craignons ce climat, bien que la neige nous ravisse. Combien de fois suis-je entrée à la maison, transie, les habits mouillés, des glaçons dans les cheveux, les pieds et les mains brûlés par le froid. On imagine alors l'importance accordée à la chaleur dans le foyer. Or, pour de prétendues raisons d'économie, mon père contrôle le chauffage, maintenant la température à un minimum, alors que le thermomètre extérieur marque - 30°. Je me souviens d'avoir toujours eu froid dans ma petite enfance ; la chaleur, je la trouvais dans mon lit et dans les autres maisons. Ainsi s'inscrivit dans mon corps, physiquement et symboliquement, la réalité affective de mon univers familial.

Vers l'âge de trois ans, ma mère m'apprit que j'avais failli mourir à ma naissance, mais que des piqûres de camphre et un ondoiement administrés en catastrophe m'avaient sauvé la vie. Pendant de nombreuses années, je préférerai croire que je devais ma survie à l'intervention liturgique plutôt qu'à l'intervention médicale. Et l'histoire ne se terminait pas là. Une religieuse, voyant ma mère pleurer dans son lit, lui demanda l'objet de sa peine :

« Le bon Dieu veut me reprendre mon bébé. C'est une petite fille chétive. Elle ne pèse pas quatre livres. »

La religieuse vint m'examiner à la pouponnière, retourna vers la chambre et rassura ma mère :

« Le bon Dieu va vous laisser votre petite, j'en suis sûre. Elle a dans les yeux *le goût de vivre.* »

Des dizaines et des dizaines de fois, dans mon enfance, je me ferai raconter cette naissance. Je me regarderai souvent dans le miroir, cherchant dans mes yeux cette volonté de vie, car je croyais pouvoir y faire une découverte physique. Je me sentirai avec l'âge à la fois invulnérable et absolument fragile. J'aurai, en héritage maternel, une peur bleue de la maladie et des médecins. Un jour, on dut m'enlever les amygdales. Le jour de l'opération, je suis réveillée par ma mère à l'aube :

« Nous allons manger dans le quartier chinois, lève-toi, habille-toi vite. On n'a pas le temps de déjeuner. »

Je m'étonne de l'empressement de ma mère qui me met sur le dos ma plus jolie robe et qui me suit partout dans la maison pour éviter que je ne mange et ne boive. Nous prenons le tramway habituel, celui qui va vers ma grand-mère mais aussi vers le bas de la ville. Nous descendons à une intersection qui ne conduit pas au quartier chinois. Après avoir fait quelques pas, je lève les yeux et j'aperçois l'hôpital où je suis née. Je me mets à hurler sur le trottoir :

« Je veux retourner à la maison. Je ne veux pas voir le docteur. Je ne veux pas me faire examiner. »

Je m'accroche aux clôtures de fer forgé qui encadrent l'immeuble. Ma mère, en larmes, m'arrache à ces barreaux, pouce par pouce. Elle me tire de toutes ses forces par la taille. J'ai mal. Je trébuche, elle me reprend. Je m'échappe, elle me rattrape. Je suis paniquée. Autant qu'elle. Elle me crie, à travers mes cris :

« Le docteur ne te fera pas mal. Il va simplement te couper un petit bout de peau dans la gorge. »

Je hurle davantage. Couper ma gorge !... Je n'entends plus

que ça. Je ne vois plus que le sang qui jaillit de ma bouche. Je goutte le sang, chaud, brûlant. Je vomis sur le gazon. Ça n'est pas rouge, c'est blanc, vert. Je suis libérée ! Ma mère va me ramener à la maison. Non ! Elle profite de ma faiblesse, de l'accalmie. Elle m'entraîne dans l'hôpital. Mes cris ameutent le personnel. Une religieuse s'approche. Ma mère dit :

« Elle doit être opérée. »

Opérée ! ! Je trouve une énergie nouvelle, je me lance en avant vers des corridors inconnus. La sœur me rattrape, me serre les poignets très fort. Je m'effondre, matée.

Dans la salle d'opération, je recommence à gémir quand on tente de m'enlever ma robe. Puis je hurle. Et, lorsque je vois le masque s'approcher de ma figure, je bataille comme une forcenée à coups de pied, mes mains étant déjà sanglées de chaque côté de mon corps.

J'ai six ans, et je ne veux pas mourir dans ce même hôpital où je suis née.

Mes deux grands-pères, eux, moururent avant ma naissance. Mon grand-père maternel étant décédé trois mois avant que je naisse, mon arrivée avait comblé un vide. Ma mère et mes tantes ne me parleront de leur père qu'avec des larmes aux yeux : « C'était un saint ! » répéteront-elles.

Il avait trimé dur pour élever douze enfants et, surtout, cela semblait être un grand sujet de fierté, n'avait jamais eu recours à l'aide sociale durant la crise économique de 1929. Curieusement, ma grand-mère, elle, faisait très rarement référence à son mari. Contrairement à ses filles, jamais elle n'entretint l'image du « saint homme qui ne sacrait jamais, ne buvait pas, donnait toute sa paie à sa femme et n'élevait pas la voix ». La famille, comme toutes celles du Québec, venait de la campagne et avait tendance à considérer la branche restée sur les terres comme quelque peu arriérée. Comme si la condition de prolétaire urbain indiquait une supériorité quelconque sur celle de cultivateur.

Mon grand-père paternel me sera décrit comme un personnage redoutable et extravagant. Né en France, il parlait avec l'accent parisien et payait ses enfants pour qu'ils n'assistent pas à la messe dominicale. Après chaque repas, il prononçait la même phrase :

« J'ai bien bu, j'ai bien mangé, merci mon Dieu et au diable les calotins. »

On peut imaginer l'audace et l'esprit sacrilège qui présidaient à une telle attitude dans ce Québec ultramontain du début du siècle. Bien que mort, cet homme m'effrayait et m'épatait en même temps. Mais il ne sut conserver sa réputation. Quelques mois avant son décès, les rosaires quotidiens récités par ma grand-mère portèrent fruit. Il se reconvertit, retourna à l'église, se confessa et communia. Ma tante, bonne catholique pratiquante, manifestait en me racontant l'histoire une sorte de déception à l'égard de cet homme qui n'avait pas su affronter son milieu jusqu'à la fin. Pour ma part, j'aurai toujours du regret de ne pas avoir connu ce diable de Français qui défiait l'autorité. Sans doute aurait-il pu empêcher mon père de me faire si peur...

Ma grand-mère paternelle m'apparut très tôt comme une personne fade et écrasée par la vie. Son refuge, c'était les bondieuseries. Elle m'a toujours semblé extrêmement vieille, car elle portait des vêtements sombres, comme si elle était née dans le bassin méditerranéen. Pour tout dire, l'image que je m'en faisais reposait sur ce qu'en disait le clan maternel, lequel ne lui accordait pas beaucoup de vertus, à part celle d'être pieuse. On imagine la vie difficile de cette jeune paysanne scrupuleuse, mariée à ce démon autoritaire, imaginatif et brillant, qui partait en vadrouille des jours durant, accumulait les faillites en affaires et se moquait éperdument des contraintes sociales. Le rosaire quotidien finira par accaparer son esprit. Mon frère et moi, nous nous moquerons de ses craintes. « Ne courez pas, vous allez tomber ; ne mangez pas ce morceau de viande, il est trop gros ; ne fermez pas la porte des toilettes à clef, vous allez rester pris à l'intérieur. » N'ayant jamais vu notre père lui témoigner quelque affection, notre impertinence à son endroit paraissait d'autant plus acceptable à nos yeux. Elle vivra les dernières années de sa vie chez nous, dans un état de confusion mentale qui rendra sa présence si lourde à supporter que sa mort nous sera une délivrance.

La femme forte de l'Écriture, c'est ma grand-mère maternelle. Chef de clan, elle mènera ses fils au doigt et à l'œil. Des cinq garçons qui ont vécu jusqu'à l'âge adulte, un seul osera se marier. Elle ne craignait personne et tout le monde avait peur d'elle. Sauf moi. Sa présence faisait ma joie, me remplissait de bonheur et assurait ma sécurité. Dans la société québécoise traditionnelle, les femmes ressemblent toutes, plus ou moins, à ma grand-mère. Elles accouchent le matin et préparent le repas du soir. Plus instruites que les hommes, elles administrent le budget familial, aident leurs rejetons dans les travaux scolaires et lisent le journal à leur mari. Pour le clergé, ce sont les meilleures gardiennes de la foi et de la langue. J'aimais ma grand-mère à la folie. D'autant plus que mon père la redoutait. Quand elle nous visitait, ce dernier devenait doux comme un agneau. Pas un mot ne sortait de sa bouche, sauf un pâle sourire devant une remarque qu'elle pouvait lui faire. Quand elle pénétrait dans notre maison, elle en prenait possession. Personne n'osait alors me faire le moindre reproche. Je devenais plus forte que les adultes qui m'entouraient, du fait de sa propre force. Elle traitait ma mère, sa benjamine, comme une gamine irresponsable, et cette dernière se complaisait dans ce rôle. Elle avait réussi à n'avoir que douze enfants en espaçant les grossesses par des allaitements prolongés. Ma grand-mère avait épousé un « bon garçon » mais pas un « bon parti », c'est-à-dire quelqu'un de financièrement à l'aise. Il était donc impossible de s'enrichir avec cette bonne dizaine d'enfants à nourrir. Mais je ne l'entendrai jamais se plaindre. En revanche, elle se moque souvent des hommes. Elle critique un tel pour sa paresse, tel autre pour sa mollesse, un troisième pour son ivrognerie. D'une certaine manière, elle décrit ses propres fils. Et elle n'est pas tendre pour les femmes non plus. Elle qualifie l'une de dévergondée, dit d'une autre qu'elle se laisse mener par son mari, dénonce une troisième, sans cœur pour ses enfants. Elle se protège des émotions en se faisant craindre ou en taquinant car elle aime rire, surtout des autres. Contrairement à son attitude avec ses propres enfants, avec moi elle exprime physiquement son affection. Nous nous caressons, nous nous embrassons et je peigne longuement ses cheveux. La nuit, lorsque je dors chez elle, avec elle, elle me colle contre son corps, insufflant en moi un sentiment de sécurité plus fort que toutes les angoisses qui m'envahiront par la suite.

Ma mère est le « bébé » de sa famille. Elle vit son enfance dans les jupes de sa mère, « chouchoutée » par son père. La plupart de ses frères et sœurs ne lui témoignent qu'indifférence. Certains ne lui adresseront la parole que vers l'âge de six ou sept ans. Ils en veulent aux parents, à la mère surtout, d'avoir mis au monde cette douzième enfant. Couvée par mon grand-père, cette petite fille se sent de trop dans la famille. Elle aime l'étude et l'école, où elle remporte des succès, et elle fréquente la classe beaucoup plus longtemps que ses frères et sœurs. A l'époque, dans ce milieu, les enfants — mes tantes comme les autres — entrent sur le marché du travail au début de l'adolescence. Voir la jeune sœur de seize ans perdre son temps dans des livres est inacceptable parce que ressenti comme une injustice. Seule l'activité intellectuelle d'un garçon peut être tolérée. Et encore, à la condition qu'il se dirige vers la prêtrise.

Un des plus grands bonheurs de ma mère fut d'avoir appris à lire et à écrire à son père. Chaque jour, durant des semaines, la petite fille, à l'aide d'un journal, permet à cet homme de déchiffrer l'indéchiffrable et de remplacer la croix de sa signature par son propre nom. Elle ne se sent à l'aise que dans sa relation avec cet homme adoré et, dans une moindre mesure, avec sa mère aimée mais crainte. Gauche et farouche avec les garçons, elle se fera difficilement des cavaliers. Sa timidité maladive l'empêchera sinon de trouver, du moins de conserver un emploi de secrétaire, seul débouché sérieux pour une jeune fille instruite. Instruite, c'est-à-dire ayant neuf années de scolarité. Elle ne pourra supporter les critiques acerbes de ses frères et sœurs sur sa paresse et son insignifiance, et choisira la seule voie qui s'offre à elle : le mariage. A dix-huit ans, elle épousera mon père, cousin du mari de sa sœur. De vingt ans son aîné, ce bel homme, qui fait tout de même partie de la famille, a parcouru le monde dans la marine marchande. Il lui promet la lune. Elle voyagera, sera riche et heureuse. Le mariage s'organise contre la volonté de ses parents. Je n'en connaîtrai jamais la date exacte et il se déroulera, non pas dans l'église, mais dans la sacristie, sans messe et sans réception. De tout cela, je déduis que je fis partie du voyage de noces, si voyage de noces il y eut.

Ma mère fut une jeune fille malheureuse. Consciente des contraintes de son milieu, paralysée de timidité, elle a le goût, très tôt, de connaître et d'apprendre. Elle sent, d'instinct, que l'éducation est la clef la plus sûre pour sortir d'un milieu qui l'étouffe. L'homme qu'elle choisit — ou, plus vraisemblablement, qui la choisit — lui apparaît comme l'incarnation de ses rêves. Mais la dure réalité de leur vie de couple l'obligera rapidement à transférer sur quelqu'un d'autre ses espérances d'une vie meilleure. Le premier enfant à naître héritera de cette mission à accomplir. Et peu importe qu'il fût fille ou garçon. C'est ainsi que j'échapperai, dès ma naissance, à la loi de mon sexe et de mon milieu.

2

Avant l'entrée à l'école, j'ai connu les cours de diction. Je fus inscrite successivement chez deux professeurs dont l'une, française, rendait les parents et les enfants honteux d'être canadiens français. Elle nous apprenait des récitations que nous répétions avec plus ou moins de bonheur en imitant son accent parisien. Les mots se bousculaient dans notre bouche et nous ressentions tous, adultes et élèves, un malaise à mimer aussi péniblement les cousins de France. Ces cours, où les mères se faisaient reprendre devant les enfants dès qu'elles osaient parler, étaient, en fait, des cours d'humiliation collective. Rien n'était épargné pour nous faire comprendre à quel point notre langue n'en était pas une et combien nos comportements ressemblaient à ceux des « sauvages ». Car ces leçons de bon parler se doublaient de leçons d'étiquette et de politesse. On nous obligeait à nous serrer la main, pratique absolument étrangère à notre milieu et, comble du ridicule, à faire la révérence devant les adultes. Pourtant, les mères nous soumettaient et se soumettaient à ces usages, considérant que c'était le prix à payer pour sortir de notre pauvreté culturelle. La majorité de mes compagnes et de mes rares compagnons appartenait au milieu bourgeois et, dans ce milieu, le complexe d'infériorité vis-à-vis des Français était fort marqué. On considérait ces derniers, quelle que fût leur origine sociale, comme supérieurs aux Québécois, même riches et instruits. C'est pourquoi ces mères consentaient à se faire rabrouer de façon autoritaire par cette femme qui avait transporté à Montréal les tics les plus détestables d'une certaine France. Non seulement les mères l'acceptaient, mais elles payaient rubis sur l'ongle quelques dollars *avant* chaque leçon. Ma mère, femme de bon sens, ressentit vite le côté intolérable de cette entreprise. La rupture survint en pleine récitation. Le professeur me réprimanda avec véhémence devant tout le monde parce que j'avais mal prononcé le mot «petite fille».

«Ah non, coupa la demoiselle, pas de "petsite félle", cela est vulgaire, cela fait peuple. Entendez-vous, mesdames, vous qui parlez ainsi devant vos enfants. Voyez les résultats lamentables sur cette petite.»

Je me mis à pleurer, et ma mère aussi. Elle n'osa pas, cependant, parlementer avec la vieille chipie qui maniait les mots avec trop d'aisance. Je l'entendis raconter à une voisine, le soir même de l'incident, qu'elle me retirait du cours car elle ne pouvait pas admettre que cette «folle de Française» parlât à son chien présent — qui pissait devant la classe pendant les leçons — plus doucement qu'aux enfants. Même si nous parlions moins bien qu'eux, les Français devaient tout de même nous traiter avec plus d'égards qu'ils ne traitaient leur caniche...

Les petits garçons se faisaient rares dans ces cours, car le bon langage a toujours été associé chez nous à l'univers féminin. Celles qui s'expriment correctement et même avec élégance peuvent être considérées comme snobs et prétentieuses. Chez les hommes, en revanche, bien parler peut être sexuellement suspect. Le sentiment général qui a prévalu, et qui reste intact dans certains milieux, consiste à croire que les hommes français sont tous plus ou moins efféminés, des fifis, comme on dit. Ils sont perçus comme délicats à cause des bonnes manières et de la façon cérémonieuse, à nos oreilles, avec laquelle ils s'expriment. Mais il ne viendrait à l'esprit de personne de croire qu'un Anglais s'exprimant avec élégance puisse manquer de virilité. C'est dire que les mères qui décidaient d'inscrire leurs petits garçons à ces cours les condamnaient à être la risée de leurs camarades. Nous les regardions, nous les petites filles de trois ou quatre ans, comme des êtres à part. Il ne me serait jamais venu à l'idée d'en faire des compagnons de jeu. Je préférais mes voisins mal engueulés, un peu brutaux, mais dont j'avais la certitude qu'ils étaient de « vrais » petits garçons.

Un autre professeur, chez qui ma mère m'inscrivit à la fin de mes quatre ans, jouera un rôle exceptionnel dans la promotion du bon parler français. La plupart des gens de plus de trente ans qui ont eu, jeunes, quelques velléités de culture, ont été élèves de Mme Audet. Cette dernière a formé des générations de comédiens, d'animateurs et même de politiciens. Son école de diction attirait une clientèle d'autant plus large qu'elle avait ses entrées à la radio. Les parents rêvant de transformer leurs enfants en Shirley Temple du Québec se bousculaient chez elle.

Nous apprenions les mêmes récitations et les mêmes saynètes que chez le professeur français. Mais Mme Audet n'était pas française. Elle nous faisait rêver de la mère patrie qu'elle tentait, à travers le bon parler, de recréer chez nous. Mais le sentiment d'humiliation en était absent, car nous étalions nos faiblesses entre nous. La chasse aux anglicismes constituait une de ses priorités. C'est ainsi qu'à quatre ans j'apprendrai pour la vie qu'on ne dit pas : salle à dîner *(dining room)* mais salle à manger, chambre de bain *(bathroom)* mais salle de bains, plume-fontaine *(fountain pen)* mais stylo à encre. Pour les parents surtout — nous étions trop petits pour en avoir conscience —, ces leçons représentaient la clef d'accès à la culture. Cette femme énergique et curieuse, qui sillonnait l'Europe chaque été, nous racontait ses voyages dont elle rapportait des chansons et des danses qu'elle nous apprenait ensuite. C'est ainsi qu'avant même d'entrer à l'école, je récitais en langue d'oc et je chantais en breton. Je connaissais par cœur les chansons du compositeur Charles Humel. Il y était question d'enfants sur des patins à roulettes traversant des passages cloutés et de bain à la piscine communale. Il me faudra deux décennies pour comprendre le sens de l'expression «passages cloutés»; enfant, je n'avais jamais mis les pieds dans une maison sans salle de bains sauf chez mes cousins pauvres. L'idée qu'en France on se lavait à la piscine parce qu'il n'y avait pas de baignoire à la maison me dérangeait car je n'aimais pas imaginer la France comme un pays de pauvreté. Être élève de Mme Audet me conférait une supériorité sur mon entourage mais, en même temps, une distance inconfortable s'établissait avec celui-ci. C'est dans ce contexte que j'entrai à l'école primaire.

Il fait beau et chaud en septembre. Le matin fatidique, accompagnée de ma mère, je me dirige vers l'école de mes espoirs et de mes rêves. Je suis revêtue de l'uniforme : robe de serge noire à large col et manchettes en celluloïd blanc, bas beiges et chaussures lacées, une copie du costume des religieuses, les sœurs de Sainte-Croix et des Sept-Douleurs.

Je me retrouve avec une vingtaine de petites filles dans la classe de première année A dont la titulaire porte le nom historiquement béni de sœur des Saints-Martyrs-canadiens. Elle sourit beaucoup et parle doucement. Elle m'impressionne, m'intimide, mais je décide quand même de me démarquer du groupe. Il faut qu'elle m'aime. Lorsqu'elle nous demande de décliner nos nom et âge, je réponds d'une voix forte et assurée en prononçant un «cinq ans» dans mon plus pur français. Elle réagit immédiatement en me posant des questions supplémentaires, car elle me croit française. Je reçois cela comme un compliment et je comprends que je viens, dès cette première matinée, de gagner la partie. Je ne serai pas n'importe qui à ses yeux. Je l'aime passionnément dès cet instant, et tout ce qu'elle dira par la suite sera sacré. Il y aura les saintes d'un bord — la sainteté étant pour moi un état féminin — et les méchants de l'autre, ceux qui pensent comme mon père.

A l'école, j'entrai, en quelque sorte, en religion. Car, de la prière du matin, où l'on offre son cœur à Dieu, à la prière de fin de classe, où l'on demande à notre ange gardien de nous protéger des tentations de la nuit à venir, tout baigne dans une atmosphère de religiosité. Sœur des Saints-Martyrs-canadiens commence la classe par le cours de catéchisme, mais cela s'étend au français, à l'arithmétique et à l'histoire. J'apprends ainsi à lire le mot Jésus avant celui de maman, à compter les crucifix avant les pommes, et à connaître Josué avant Jacques Cartier. Je découvre que la vie n'est qu'un long parcours où l'on ne cesse de chuter comme Adam et Ève au paradis terrestre. J'imagine ce lieu rempli d'arbres fruitiers, de magasins de bonbons et de pâtisseries. Nous avons été lésés de cette merveille à cause d'Ève, nous dit la sœur et, à partir de cette histoire, je commence à ressentir une vague culpabilité en tant que représentante de ce sexe pécheur. Nous sommes les seules responsables de la colère de Dieu contre Adam, que notre mère Ève a entraîné au mal. Nous sommes donc plus maléfiques que les garçons, et il faut éviter de leur faire commettre des péchés. Plusieurs fois notre maîtresse nous rappelle cette vérité et, après quelques semaines de classe, mon attitude à l'endroit de mes compagnons de jeux se modifie. Je les fréquente moins et deviens plus réservée, évitant même tout contact physique avec eux. D'ailleurs, les autorités nous facilitent la tâche. Nos écoles respectives sont situées à quelques rues de distance et nous ne terminons pas aux mêmes heures. Les garçons deviennent donc peu à peu étrangers à notre univers de filles. La cérémonie de première communion nous réunit officiellement, mais la pureté de nos âmes nous préoccupe suffisamment pour nous empêcher de renouer des liens étroits avec eux.

L'atmosphère de cette «première année A» est chaude et affectueuse. Notre sœur aux joues roses et aux yeux bleu pâle nous influence fortement. Elle obtient des élèves ce qu'elle désire, sans jamais élever la voix. Les premiers mois, à travers les notes de bulletins mensuels, les regroupements des enfants se font naturellement. Il y a les premières de classe, dont je suis, les «autres» — la majorité — et les «queues». Or, ce sont ces premières et ces «queues» qui donnent le ton à la classe. Les fortes en thème créent entre elles une compétition qui réjouit la maîtresse, et les cancres provoquent les seuls moments d'humeur de la religieuse adorée. Très vite, nous méprisons ces petites filles paresseuses qui se retrouvent au fond de la classe, dans un coin à elles où nous ne mettons pas les pieds parce que cela sent le pipi.

Car ces mauvaises élèves sont également sales, malodorantes et pauvres. Plus pauvres que les autres en tout cas. Lorsqu'elles s'oublient dans leur culotte, sœur des Saints-Martyrs les oblige à laver leur mare et les laisse, jusqu'à la fin de la classe, avec des sous-vêtements humides collés aux fesses.

Nous commençons toujours les cours par des prières. Un après-midi où nous récitons debout un compliment à la gloire de Jésus-Hostie, je suis prise d'une envie incontrôlable de faire pipi. Mais, paralysée de timidité, car je devrais avouer ainsi mes bas instincts, je n'ose demander la permission d'aller aux toilettes. Suant de frayeur, je réussis de longues secondes à me retenir en serrant les cuisses de toutes mes forces. La catastrophe se produit quand même. Je sens l'affreux liquide chaud couler le long de mes bas beiges, et les larmes embuent mes yeux. Lorsque la maîtresse découvre la chose, elle oblige une de ces fillettes du fond de la classe à nettoyer mon dégât. Elle m'emmène aussitôt dans les bureaux de la direction en me rassurant doucement car je pleure à fendre l'âme. Elle me demande d'enlever mes vêtements mouillés, mais je refuse, terrorisée à l'idée qu'elle puisse voir mon « bisourlou », elle, une sainte qui, j'en suis sûre, échappe à ces saletés. Sans tenir compte de mon refus, elle soulève ma robe, baisse ma culotte, retire mes bas et me tend une serviette afin que je me sèche. Puis elle m'enfile une grande culotte qui me tombe sur les genoux et des bas noirs de sœur trop grands pour moi. Avec mille douceurs, elle finit par me calmer et me ramène avec elle dans la classe. En prenant place à mon pupitre, je me sens à la fois humiliée, honteuse et heureuse. Humiliée de n'avoir pu me retenir, honteuse car la sœur sait que, comme toutes les autres petites filles, j'ai un « bisourlou », et heureuse à cause du traitement de faveur. Je n'ai pas le courage cependant de lever les yeux vers les «queues», parmi lesquelles se trouve la malheureuse qui a épongé mon pipi.

A mes yeux donc, les sœurs sont de purs esprits. Je les imagine échappant aux basses contingences terrestres qui nous obligent à nous nourrir, à faire des rots, des pets et à aller aux toilettes. Déjà je me sens diminuée et impure d'avoir à me soumettre à ces fatalités plus ou moins dégradantes. L'idéal de vie qu'on nous propose déjà à cinq ou six ans me semble exclure les besoins corporels. Adam, nous dit-on, a péché en mangeant; c'est pourquoi nous devons restreindre nos appétits et sacrifier les aliments préférés. Je suis maigre comme un clou et chaque repas, pour moi, est une bataille contre ma mère. Ces directives me conviennent parfaitement. Mais les bonbons me font succomber. Je traînerai donc ce péché de gourmandise d'un confessionnal à l'autre durant des années. Devant les religieuses, je m'abstiens de manger la pomme traditionnelle durant les récréations. Il me semble que ce serait comme si je me mettais à moitié nue devant elles. Je suis vraiment choquée, quelques mois après la rentrée, lorsque j'aperçois, dans son bureau, la sœur portière qui s'épluche une orange. J'attribue cette faiblesse à sa fonction : elle n'enseigne pas, elle n'ouvre que les portes et fait le ménage.

Au fur et à mesure que les cours de catéchisme m'imprégneront de la morale, je deviendrai de plus en plus méfiante face à mon corps. Mal à l'aise dans ma peau, je prierai mon ange gardien de me délivrer des péchés de la chair. Je me répéterai souvent, sans en comprendre le sens, le 6e commandement de Dieu : «Impudique point ne seras de corps ni de consentement.» Le ton avec lequel la maîtresse en parlait provoquait un trouble indéfinissable en moi. Je comprenais seulement que les joies divines, les seules auxquelles on devait aspirer, venaient de la tête et de l'âme. Le corps procurait du plaisir, mot païen et dangereux assurait sœur des Saints-Martyrs, et ce plaisir était péché.

Les communautés religieuses contrôlaient l'édition scolaire, et les livres de classe recevaient l'*imprimatur* des évêques. Car, dans la perspective catholique de l'époque, aucune matière d'enseignement ne devait être neutre. C'est pourquoi, dans notre cahier d'arithmétique, on nous faisait calculer «une médaille plus trois médailles égale quatre médailles». Et le livre de lecture permettait d'accéder aux mots à travers la morale: «Lise est pieuse.» «Tu récites le chapelet.» Dès le mois de novembre, l'ombre de la mort s'abattait sur nos épaules. Notre maîtresse nous entretenait de notre fin dernière et de celle de nos parents et amis. La peur s'emparait de moi lorsque je m'imaginais couchée dans mon cercueil, mais je me sentais en même temps attirée par cette image de mon cadavre embaumé reposant sur des coussins de taffetas. Tout de même, je ne comprenais pas quelle joie pouvait nous habiter à l'idée de mourir. Car sœur des Saints-Martyrs-canadiens nous présentait cette éventualité comme une bénédiction de Dieu qui nous ramenait à Lui. Je refusais que, dans mon entourage, on s'envole vers l'Au-Delà, et je ne désirais pas m'y rendre si tôt. J'étais certainement une de ces tièdes que Jésus vomirait et, pour faire oublier la pécheresse en moi, je mettais plus d'ardeur à l'étude et plus d'enthousiasme à apprendre que la grande majorité de mes compagnes. Être première, c'était non seulement être socialement supérieure aux autres, c'était être aussi plus pure et plus aimée de Dieu. Je me créais, sans le savoir, une éthique issue du protestantisme, cette religion si menaçante pour la « race canadienne française, catholique romaine ».

J'apprenais dans l'euphorie. Chaque jour m'ouvrait la voie vers l'univers mystérieux et grave de la connaissance. Mais le rythme d'enseignement s'avérait trop lent. C'est pourquoi, avec l'aide de ma mère, chaque fin de journée, je m'appliquais à apprendre une page supplémentaire de mon livre de lecture. Je préférais cela aux jeux avec les petits voisins ; ces jeux qui menaçaient mon état de grâce. En classe, le grand moment de la journée, en dehors des prières, était celui de la dictée suivie de sa correction. Un jour, debout sur l'estrade près de la religieuse, j'attends, anxieuse comme à l'accoutumée, mon résultat. Ma chère sœur, après avoir survolé de son crayon la dernière ligne de ma copie, me sourit, ravie, en murmurant :

« Très bien, chère enfant, vous n'avez aucune faute. Je suis fière de vous. »

Une bouffée de chaleur me monte à la figure. Grisée de joie et de fierté, je lui saute au cou et l'embrasse sur la joue devant toute la classe. Le soir même, je rapporte à la maison un billet de la titulaire. Convaincue qu'elle informe ma mère de mon succès en français, je reste figée lorsque j'apprends le contenu de la note. La sœur, bien que charmée par mon geste, me fait dire qu'elle ne souhaite plus pareille effusion devant les élèves. Je n'en crois pas mes oreilles. Remplie de remords et envahie d'un vague sentiment de révolte, je me dis que, décidément, les épreuves que Dieu nous envoie pour vérifier notre amour pour Lui sont difficiles à accepter. Ainsi un baiser peut donc être mal ? Le lendemain matin, j'aurai peine à lever mon regard vers sœur des Saints-Martyrs qui me salue gentiment. A cause de la morale, je vivais ma première déception amoureuse.

Cette première année de classe était fondamentale parce qu'elle constituait une préparation à la confirmation et à la communion. Ces deux événements représentaient le rite de passage obligé pour accéder de plain-pied à la culture canadienne française. Avant d'être baptisés, nous vivions dans les limbes. Avant de communier, nous échappions au Christ et à Sa grâce.

Les cérémonies de confirmation et de communion avaient lieu au printemps. De l'entrée en classe, en septembre, à ce jour béni, l'école préparera nos âmes. Nous sommes menacées à longueur de semaine de ne pouvoir vivre ces moments exceptionnels dès que nous avons le malheur d'être indisciplinées. « Vous êtes indignes de recevoir Jésus », affirme sœur des Saints-Martyrs comme un leitmotiv. Je finis par y croire et j'appréhende la venue du printemps. Ce qui devrait faire ma joie provoque en moi une grande inquiétude. Jamais je ne serai assez sainte pour recevoir l'hostie, et la robe blanche que je revêtirai masquera la noirceur de mon âme.

L'idée de subir la confession me panique. Comment ferai-je pour me vider de tous mes péchés ? Et d'abord, quels péchés n'ai-je pas commis, en dehors de tuer ? Je suis sûre d'en oublier et plus l'échéance approche, plus mes nuits deviennent agitées. J'ai appris, par le prêtre qui fait notre instruction, que l'ange gardien se tient constamment à notre droite et le démon à notre gauche. Le soir, je me glisse sous mes couvertures et m'immobilise au bord du lit, ne laissant aucun espace à gauche. Ma mère se demande pourquoi, durant la nuit, je tombe parfois sur le plancher.

L'achat de ma toilette — nous ressemblons à de petites

mariées — me distrait un peu. Mais je dois écouter les plaintes de mon père, obligé de débourser de l'argent pour l'occasion. Je découvre également que mes performances scolaires ne suffisent pas à masquer complètement mon appartenance sociale. C'est à la fillette d'un directeur d'école, moins douée mais mieux nantie aux yeux des religieuses, qu'échoit l'honneur de réciter, dans l'église, la profession solennelle de foi. Et, comble d'humiliation, au cours des répétitions nombreuses auxquelles on la soumet, la religieuse chargée de ce travail me convoque régulièrement pour que je dise le texte devant elle, car je déclame clairement, avec aisance et conviction, cette prière à Jésus notre Sauveur. Colette, la pauvre, bute sur les mots, s'affole et termine presque chaque séance en pleurs. J'aurai ma revanche le grand jour. Car la nervosité s'empara d'elle, et notre profession de foi collective dont elle se faisait le porte-voix tourna court et s'acheva dans les larmes.

Quelques jours avant la première communion, nous devons aller à confesse. Je tremble de peur et, en attendant en rang devant le confessionnal, je crains de faire encore une fois pipi dans ma culotte. Les mains moites, le cœur battant, je me remémore péniblement la formule du « Je confesse à Dieu tout-puissant... et à vous, mon père ». Vient mon tour. Je me retrouve à genoux dans le noir, grelottant de froid malgré la chaleur tiède de cette penderie à péchés. J'entends, derrière le grillage clos, les murmures du prêtre et je m'évanouis presque quand le guichet s'entrouvre. Je ferme les yeux avec tellement de force que j'en aurai mal aux paupières en sortant. Je récite dans un murmure inintelligible la formule apprise et je crois ma fin proche lorsque, m'interrompant brusquement, le confesseur me demande de parler plus fort.

J'en oublie des péchés et je me demande parfois si le simple fait d'être en tête à tête obscur avec un homme à qui on doit confier ses secrets n'est pas l'explication première de ce malaise. Adolescente, je trouverai une excitation quasi sexuelle à aller à confesse, et les réactions d'un père jésuite, lors d'une confession mémorable, viendront concrétiser cette ambiguïté.

Les familles maternelle et paternelle se réunissent exceptionnellement dans notre maison pour ce jour béni de la première communion. Convaincue que mon âme n'est pas blanche, je dois aussi faire face à une autre terrible réalité : mon père assistera à la messe, mais ne communiera pas. Je me crois la seule enfant dans l'église et même à Montréal à vivre ce double calvaire, et cette pensée m'accable. Mais aucun adulte ne se doute de ce qui m'habite. Je prends même un malin plaisir, quelques heures avant l'événement, à faire semblant de boire de l'eau devant ma grand-mère paternelle qui pousse des cris d'horreur car, en ce temps d'avant le concile venu chambarder les règles et les esprits, la communion obligeait à un jeûne complet. Sans doute tentais-je ainsi de me rapprocher de mon père en risquant d'être exclue de la sainte table...

L'église, remplie à craquer, sentant l'encens et la cire brûlante, est éblouissante de lumière et de solennité. Avant la cérémonie, réunis au sous-sol, les communiants s'évaluent les uns les autres. Les filles revêtues de la robe blanche et du voile rivalisent de pureté et de féminité. Les garçons habillés en costume de serge marine, gros nœud de soie blanche au cou et brassard doré au bras gauche, se surpassent en sérieux et en virilité. Le drame survient lorsque la religieuse organisatrice de la cérémonie décide d'écarter du sacrement une petite aux yeux noirs et au teint olivâtre qu'on désigne du quolibet de «spaghetti». Sœur Saint-Jean-de-Matha juge la tenue vestimentaire de l'enfant «déplacée»:

«Nous avions prévenu les parents. Votre fille a l'air d'une dévergondée. Elle n'est pas digne de recevoir le sacrement avec ses manches courtes et son voile vulgaire. Ramenez-la à la maison.»

La sœur hurle à travers les cris et les pleurs de la mamma, folle de rage, à qui vient rapidement prêter main-forte le reste de la famille. Avant qu'on en vienne aux coups, sœur directrice tranche. L'enfant recevra l'hostie à condition de recouvrir de tissu blanc les parties dénudées de ses bras et de changer de voile. Silencieux, nous assistons à la scène sans en comprendre le sens. Pour ma part, je lui envie son long voile décoré d'appliques de satin et surmonté d'un diadème semblable à celui de la statue de la Sainte Vierge exposée dans notre classe. Mais je ne doute pas que, si les sœurs font tant d'histoires, c'est qu'elles ont raison. Certes, le fait qu'elle ne soit pas canadienne française explique l'incident. La sœur a bien dit:

«Vous n'êtes pas en Italie ici, mais au Canada.»

Je ne la plains guère; elle doit faire comme nous ou retourner dans son pays. Et je prends mon rang dans le cortège en n'écoutant plus ses sanglots étouffés d'enfant humiliée, les bras entourés de gaze et la tête recouverte d'un voile jauni retiré en vitesse d'un placard de costumes de théâtre.

A la fin de cette première année scolaire, je sais lire, écrire et pécher. Le scrupule, la culpabilité et le mépris des faibles m'ont également été enseignés. Je continue, durant les grandes vacances, à jouer avec les enfants Smith, devenus dangereux parce que protestants. Le voisin d'en bas, Johnny, ne me pose pas, lui, de problème de conscience. Irlandais catholique, il fréquente l'église aussi assidûment que moi. A cette époque, je commence à douter des dires de ma mère sur mon père qui irait à la messe à son travail. Durant les vacances, il me faut bien reconnaître qu'il n'assiste pas à l'office. Je décide alors de réciter une dizaine de chapelet chaque jour pour sa conversion. Je revivrai, sans le savoir, le même calvaire que ma grand-mère paternelle a vécu avec son mari. Dans nos prières, nous pouvons nous adresser à chacune des trois personnes de la Trinité : le Père, le Fils ou le Saint-Esprit. Je ne m'adresse qu'au Fils. L'Esprit saint m'effraie avec ses langues de feu, et le Père m'écrase de sa puissance. Ainsi, de mes premiers jours de croyante consciente jusqu'à l'adolescence, il n'y aura à mes yeux qu'une seule personne en Dieu : Jésus, le Fils.

Lors de la rentrée en deuxième année, les religieuses nous préparent à une confession générale, au cours de laquelle il faut avouer tous nos péchés passés. Elle est obligatoire après les grandes vacances car, en dehors de l'influence des sœurs, les occasions de pécher se multiplient. Les mauvaises fréquentations sont chose courante :

« Vous êtes allées sur des plages, vous avez rencontré des enfants d'autres quartiers, peut-être d'autres villes. Tout cela est dangereux pour la morale, mes petites filles. »

Voilà le langage que nous tient sœur directrice le premier jour de classe de septembre 1947. Nos âmes subiront donc le grand lavage de la confession générale. Pour moi, recommence la terreur du confessionnal.

La maîtresse de deuxième année A, Mlle Tremblay, a une excellente réputation d'enseignante, même si elle n'est pas religieuse. Son célibat endurci représente un atout, et les sœurs s'entendent très bien avec elle. Le système scolaire est entièrement contrôlé par le clergé et les communautés religieuses. Aucune fonction hiérarchique dans l'école n'échappe aux religieuses qui dirigent avec maîtrise, discipline et efficacité. C'est dire qu'une enseignante jugée «forte tête» réussit difficilement à trouver du travail. Dans notre école, sœur directrice impose son autorité aux enfants et aux adultes. Nous sommes toutes égales face à elle, et il faut voir blêmir les maîtresses lorsque, à certaines occasions, elle leur fait une remarque désobligeante devant les élèves. La première année a permis un tri des élèves, la deuxième confirme et accentue les différences. Les «queues» se comportent comme on s'y attendait. Non seulement elles n'apprennent pas, mais elles deviennent impolies, s'absentent régulièrement et passent de longs moments au bureau de la garde-malade. Malpropres, elles ont les dents cariées et des poux. J'en attrape et je leur en garderai rancune. Ma mère doit m'appliquer un shampooïng qui sent le thé des bois, et je dégage cette odeur de pauvre qui les caractérise durant plus d'une semaine. J'en pleure de rage. Dans la cour de récréation, je refuse de participer aux jeux lorsqu'une de ces malheureuses est présente. Et comme nous, les premières de classe, sommes populaires, c'est sans objection que mes compagnes les chassent du groupe. Cela, au vu et au su de nos maîtresses qui ne s'en formalisent guère. Lorsque, en préparant nos âmes avant la confession bimensuelle, Mlle Tremblay nous demande: «Avez-vous aimé votre prochain comme vous-même?» il ne me viendrait jamais à l'esprit de me sentir coupable de mon attitude odieuse à l'endroit de ces pauvres «queues». Le prochain, ce sont mes égaux. Elles sont mes inférieures.

Au cours de cette deuxième année, les thèmes de la mort, de l'enfer et du purgatoire sont développés avec insistance. « Nous allons toutes mourir. » « Pensons à la mort. » « Serez-vous prêtes lorsque la mort viendra vous chercher ? » Telles sont quelques-unes des pensées spirituelles inscrites au tableau noir, derrière la maîtresse assise sur l'estrade. Impossible de ne pas lire. Le mois de novembre, plus spécialement, se prête à cette offensive. Les feuilles tombent, les plantes meurent, la terre gèle, et nous devons remercier Dieu de pouvoir traverser l'hiver. Le grand malheur pour une personne — sans doute une sorte de punition pour trop de péchés mortels commis durant la vie — consiste à mourir durant la saison froide. Ainsi, il devient impossible d'être mis en terre à cause du gel. « On ne peut pas pelleter un bon trou », nous raconte-t-on. J'en frissonne d'avance. Ce froid, si présent, nous empêche donc de mourir dignement. J'envie les enfants noirs d'Afrique, mais je cesserai vite lorsque les religieuses missionnaires de l'Immaculée-Conception viendront nous raconter les horreurs attachées à leur race.

Le démon joue un rôle clef dans notre éducation religieuse. La description qu'on en fait se précisera au fur et à mesure des années. Vers l'âge de dix ou douze ans, son image définitive se fixera : le démon, pour tout dire, c'est un peu tous les hommes, sauf les prêtres, les frères enseignants et les riches industriels catholiques qui font travailler les pauvres. « A ces exceptions près, il ne faut jamais rester seule avec un homme, même son propre père », nous apprend-on. Ce démon, comme le bon Dieu, est partout. Je comprends qu'il me poursuit dans la rue, dans ma chambre et même à la salle de bains. Surtout à la salle de bains. Je me dépêche donc de faire ma toilette, sachant qu'On me regarde. J'ai beaucoup de mal cependant à imaginer le bon Dieu dans ces endroits maudits. Chaque péché, véniel ou mortel, nous rapproche de l'enfer, et j'ai le sentiment aigu d'être souvent au bord du précipice. Je me rassure, par contre, en me classant dans les cinq premières chaque mois. Mes cahiers remplis d'étoiles, de têtes d'anges et d'images pieuses témoignent de ma réussite. Je parviens ainsi à masquer les «tares» familiales. Lorsqu'on nous demande, le lundi matin, à quelle messe nous avons assisté la veille et avec qui, je donne une réponse exacte ajoutant toujours que mon père, lui, fréquente la paroisse voisine dont le curé est son ami. Car, en admettant la vérité, je risque d'être montrée du doigt. J'apprendrai beaucoup plus tard qu'en Allemagne de l'Est, on demandait aux écoliers quelles émissions ils avaient entendues à la maison. Les parents qui écoutaient les radios occidentales étaient ainsi démasqués. Dans le Québec de la fin des années quarante, les techniques sont semblables. A six ans, j'en ai saisi les buts et les conséquences. En grandissant, je devrai raffiner mes réponses, créant peu à peu une réalité orthodoxe, parallèle à celle vécue à la maison. C'est ainsi que je ferai exister ces personnages mythiques, oncles prêtres ou médecins, cousines religieuses ou tantes enseignantes. A la fin de la deuxième année de classe, le poids de cette double vie commence à peser lourd sur mes épaules.

3

La troisième année de classe met un terme provisoire à mes exploits scolaires. Je me classe parmi les premières, durant les mois d'automne, puis je dégringole entre la quinzième et la vingtième place. Je n'aime pas cette maîtresse, une grosse vieille fille d'une centaine de kilos dont la préoccupation majeure n'est pas pédagogique mais ménagère. Avec elle, nous passerons autant de temps à nettoyer la classe qu'à apprendre l'arithmétique. Le jour de la rentrée, dans un discours de bienvenue, elle nous a exposé ses objectifs :

« La plupart d'entre vous seront appelées à devenir de bonnes mamans et des épouses parfaites. Mon but est donc de faire de mes élèves des petites perles de maison. »

Dès lors, chaque jour, une heure avant la fin des cours, nous sommes mobilisées pour laver les tableaux noirs, balayer le plancher et polir les poignées de porte en cuivre. Le vendredi, jour du grand ménage, nous passons une partie de l'après-midi à frotter fenêtres et boiseries. Je me révolte contre cette façon de faire, et mes notes s'en ressentent. Je soupçonne même la maîtresse de fausser les bulletins. D'autant plus que les zélées petites ménagères classées, l'année précédente, parmi la moyenne des élèves, occupent, en troisième année A, les premières places qu'elles perdront, comme par hasard, l'année suivante. Cette grosse institutrice ne me convertira pas en femme de ménage, et je le fais savoir aux compagnes les plus bavardes. Non seulement mes notes baissent, mais je perds le privilège d'occuper le premier pupitre de la première rangée, hérité en septembre, qui me permettait d'ouvrir la porte aux visiteurs et de servir de commissionnaire à mademoiselle. A la maison, ma mère ne cesse de me reprocher ces mauvaises notes, ne comprenant pas les raisons d'un tel changement. Je n'ose lui faire comprendre que je refuse de me conformer à ce rôle de bonne, qui est également le sien. Mon père dit souvent, en ricanant et en lançant les serviettes par terre, que la femme est faite pour ça. Je vais à l'école pour apprendre les mêmes choses que les garçons et, à huit ans, je commence à m'apitoyer sur ce mauvais sort qui a fait de moi une fille. En dehors de l'école, je quitte la robe pour le pantalon et je m'entraîne en cachette, dans ma chambre, à me faire des muscles en soulevant les meubles.

Le programme scolaire comporte, cette même année, un cours d'éducation ménagère. On y fait l'apprentissage du tricot, de la couture et de la tenue de maison. Je m'y montre réfractaire, et la responsable de cet enseignement, Mlle Lachance, me prend également en grippe. Je ne témoigne que mépris à l'endroit de mes compagnes tout heureuses de pouvoir tricoter un foulard, faufiler un bord de torchon à vaisselle ou brasser une béchamel sentant la colle. Malheureusement, nous sommes notées pour ces niaiseries et je me retrouve parmi les «queues». J'en éprouve une sorte de fierté, et je crâne devant mes compagnes lorsque la maîtresse du cours distribue les notes chaque vendredi après-midi. Je ris bruyamment en recevant mon résultat et j'irai même un jour jusqu'à défaire les mailles de mon tricot devant les petites filles estomaquées. Enragée, l'institutrice me secouera comme un prunier avant de me relâcher en larmes. Au fond de moi, je ne peux admettre un échec dans ces activités si identifiées à mon sexe. Et, en même temps, je dévalorise complètement ce travail où l'intelligence semble inutile. Bouc émissaire, je vivrai cette période hebdomadaire d'enseignement ménager comme un cauchemar, échappant les mailles de l'écharpe à tricoter, cassant le fil du tablier à ourler et faisant brûler le petit gâteau prévu pour la collation. Je crois régler mon problème lorsque nous avons la permission d'apporter nos travaux à la maison. Ma mère tricote et coud à ma place, car elle compte bien ainsi améliorer mes notes. Peu douée elle-même pour ces choses, il est facile de penser que son œuvre est la mienne. Mais je ne résiste pas à la tentation de me réjouir trop ostensiblement devant la responsable qui découvre la supercherie. Ma mère est convoquée à l'école, où on la prie de bien vouloir cesser de me protéger. Il faut que j'apprenne à être une vraie jeune fille et une bonne épouse. C'est me rendre un bien mauvais service que de tenter de m'éviter cette formation essentielle à mon avenir. Ma mère se soumet et refusera ensuite de me donner un coup de main. Je commence à payer cher mon refus de me conformer à ce rôle féminin auquel je ne dois pas échapper. Je sens, confusément, que mon père m'eût aimée davantage, ou plus facilement, si j'avais été un garçon. Mais ce tour de force, je ne pourrai jamais l'accomplir. Cette pensée me décourage.

La découverte du monde — si l'on peut qualifier ainsi les discours des missionnaires qui nous visitaient à l'école — commença cette année-là. Ces religieuses, vivant en Chine et en Afrique, nous entretiennent de la vie dans ces lointaines contrées. Réunies dans la grande salle, les élèves de la troisième à la neuvième année écoutent, dans un silence impressionnant, ces récits d'horreur. Le cœur battant, nous apprenons que les Chinois jettent les bébés filles dans les fossés ou les ruisseaux, que les Africains, lorsqu'ils sont affamés, mangent leurs enfants, et que les uns comme les autres crachent sur l'Église catholique, le pape, les évêques et les prêtres. En Chine, la situation est particulièrement effrayante, à cause des communistes qui emprisonnent et torturent les missionnaires. Ces gens sont plus sauvages que nos propres sauvages qui, au début de la colonisation, ont scalpé nos saints martyrs canadiens, les pères Jogues, Brébeuf, L'Allemand, et qui ensuite leur ont mangé le cœur. Parmi les tortures qu'on nous décrit, celle de la goutte d'eau me semble le comble de la méchanceté. Je m'imagine la tête rasée, sous un robinet, recevant des heures durant les gouttes qui finissent par percer un trou dans mon crâne et noyer mon cerveau. Ce supplice, « un raffinement typique de la race jaune », devient ma hantise. J'en rêverai la nuit et je ne pourrai plus, durant toute mon enfance, croiser des Chinois dans la rue, ou me rendre dans leurs restaurants, sans les imaginer ouvrant le robinet. Les bons Chinois, ceux qui osent se convertir au catholicisme, risquent leur vie et on nous interpelle, nous, les petites Canadiennes françaises : « Jusqu'où seriez-vous prêtes à souffrir pour votre foi ? » « Quels risques prenez-vous en aimant Jésus ? » Je sais bien, moi, que je risque de n'être pas aimée de mon père incroyant. Ce lourd secret, je ne peux le partager avec personne et la tristesse me devient familière.

Ces exposés d'introduction à la politique étrangère nous sont présentés, chaque année, par au moins deux sœurs, une en mission en Chine et l'autre en Afrique. Notre école s'estime chanceuse lorsque certaines de nos impressionnantes visiteuses sortent elles-mêmes des prisons et ont subi des tortures. L'émotion envahit alors davantage la salle et tire de leur léthargie même les plus endormies. Je veux toucher ces martyres de la foi, ces compatriotes, nées qui à L'Annonciation, qui à Trois-Pistoles, et qui ont franchi mers et monde pour évangéliser les barbares. Ceux d'Afrique m'apparaissent moins hostiles, sauf les cannibales. Sans doute parce que j'estime les habitants des pays chauds plus heureux. L'été, ne sommes-nous pas de meilleure humeur et plus reposés que durant nos longs hivers ? Les Africains mangent leurs enfants affirment des sœurs de l'Immaculée-Conception, mais seulement en dernier recours. En Chine, par contre, on tue les filles parce que filles. Cette pratique me terrifie davantage que les mœurs cannibales, et je commence à comprendre le sourire énigmatique des Chinois restaurateurs du bas de la ville. En me regardant, ils doivent avoir envie de me faire disparaître et ils rient à cette idée.

« Combien de cannibales compte l'Afrique ? osai-je demander à une de ces missionnaires, amie de la grosse maîtresse qui eut l'ultime honneur de la recevoir dans la classe.

— Je ne répondrai pas à votre question, mademoiselle, car je ne veux pas vous effrayer inutilement. »

Notre imagination devait donc créer les statistiques. Les miennes seront très élevées.

Le point culminant de cette visite annuelle, que nous attendions avec grande impatience, consistait en la récitation du « Je vous salue, Marie » dans la langue des infidèles. Instantanément, nous plongions dans un monde étrange, inquiétant et inconnu. Toutes les maîtresses réunies sur l'estrade s'agenouillaient, sœur directrice au premier plan en compagnie de la missionnaire qui, elle, restait debout. Puis débutait cette prière si connue et qu'on ne rcconnaissait plus. Je préférais la langue chinoise, et j'avais l'impression qu'en la parlant les yeux de la religieuse se bridaient peu à peu. Par nos applaudissements, nous réussissions à en obtenir davantage : la récitation du « Notre Père », du « Gloire soit au Père » et, comble de joie, parce que interminable, celle du « Je crois en Dieu ». Durant des jours, nous meublerons nos conversations d'enfants de ces histoires invraisemblables et nous ferons un détour, après l'école, pour passer devant la boutique du blanchisseur chinois afin de l'injurier. J'aurai le sentiment d'avoir percé son sinistre mystère et je crierai plus fort que les autres. Mais on se lassera vite de ce jeu faute de réaction de la part de la victime.

Ces missionnaires sollicitaient de l'argent, qu'ils récoltaient dans nos écoles à travers l'œuvre de la Sainte-Enfance. Pour le prix, élevé, de 25 cents, nous achetions des enfants chinois et africains, dont on recevait la photo, rose pour les filles et bleue pour les garçons. Je préférais les filles chinoises et les garçons africains. Nous leur donnions un nom de baptême, que la maîtresse inscrivait dans l'espace réservé à cet effet sur la carte. J'en ai fait une collection impressionnante car, des années durant, je volerai systématiquement ma mère pour me procurer mes chers petits païens. Et quelle satisfaction j'éprouvais lorsque, seule dans ma chambre, je tapissais mon lit de mes cartes bleues et roses de la Sainte-Enfance. Mes enfants sous les yeux, je rêvais d'une rencontre où ils m'exprimeraient à genoux leur reconnaissance. Ma supériorité de petite fille blanche, bien nourrie et catholique, se développait ainsi sans entraves, sans culpabilité et sans gêne et je me demande s'il est possible de prétendre extirper totalement, à l'âge adulte, ces sentiments premiers de domination raciale. Ce sentiment, nous le développions aussi, d'une façon plus ambiguë il va sans dire, à l'égard des Anglais protestants.

« La seule religion qui domine et éclipse toutes les autres, c'est la religion catholique romaine ! » répète-t-on à l'école, à l'église et dans la famille.

Nous sommes les seuls à monter au ciel, affirme-t-on, et il nous faut prier pour la conversion des protestants, de très grands pécheurs qui ont non seulement le droit de divorcer mais dont les ministres du culte se marient. J'apprends qu'ils vivent dans le péché depuis que leur roi, voulant répudier sa femme, a rompu avec le Vatican. Les Anglais ne pensent qu'à faire de l'argent et, pour atteindre leur but, n'ont plus le temps de s'occuper de leur propre femme et de leurs propres enfants. Notre supériorité morale nous empêche de les envier, eux qui font travailler nos parents. A vrai dire, il faut plutôt les plaindre et éviter de les fréquenter. A la maison, le discours de mon père diffère. Nous sommes des inférieurs parce que Français et catholiques. Il me faudra bien des années avant de comprendre que ce discours brutal n'exprimait, de fait, qu'une profonde humiliation, à la fois personnelle et collective. Plus lucide que son entourage, mon père tentait maladroitement de nous éduquer à la révolte. A l'époque, celle-ci ne se retourne que contre lui.

Mes voisins, les Smith, qui fréquentaient l'école anglaise protestante, recevaient, eux aussi, une éducation à la mesure des préjugés de leur milieu. Déjà alertée, dès la première année de classe, par l'influence néfaste qu'ils risquaient d'avoir sur moi en tant que garçons et renégats, j'avais commencé à m'éloigner d'eux. Mais, durant les grandes vacances, le goût du jeu reprenant ses droits, je transgressais les directives de mes maîtresses. De plus, j'aimais parler leur langue. Nous jouons au base-ball, à cache-cache et à sonner aux portes. La situation se gâte lorsqu'ils se mettent à injurier mes compatriotes, en attaquant le pape et les prêtres. J'avais crié avec eux *French pea soup!* à mes petits amis français, mais il devient impossible de m'associer à leurs attaques contre notre religion sans risquer le feu de l'enfer. D'ailleurs, en grandissant, ma piété s'amplifie et les scrupules m'étouffent. Un jour, je reçois une taloche qui me jette par terre après que j'eus égratigné Bill, un gros rouquin, qui avait affirmé tout de go que notre pape était un S.O.B. [1]. Des démons, oui, ils étaient des démons! Ayant découvert leur pouvoir de nous scandaliser, ils en remettaient. Assis sur les marches de l'escalier extérieur de leur maison, contiguë à la nôtre, les quatre frères ricanent, en nous regardant partir pour la messe dominicale, ma mère, mon frère et moi. Revêtus de leurs vêtements de semaine, ils insultent, à mes yeux, le jour du Seigneur. Leur seule présence devient comme une épreuve de ma foi. Plus ils me narguent, plus je crois en l'Église et plus je remercie Jésus d'être catholique romaine. Et parce que mon père tient le même langage qu'eux, je décide de le considérer comme un traître à notre race et, à ce titre, indigne d'être canadien français.

La visite dominicale chez ma grand-mère maternelle représente le seul bonheur prévisible de la semaine. Nous y allons en famille, c'est-à-dire sans mon père. Beau temps, mauvais temps, après avoir assisté à la messe, ma sœur dans

1. *Son of a bitch :* enfant de p...

les bras de ma mère, mon frère et moi, main dans la main, nous montons dans le tramway de la rue Saint-Denis. Le voyage me remplit toujours d'excitation, car je joue à deviner les noms des rues transversales. Je les crie en même temps que le conducteur, au grand plaisir des passagers. Je suis fière de mon frère et de ma sœur et j'engage souvent la conversation sur eux avec les voisins de banquette.

«J'ai un beau petit frère, hein, madame! Ses cheveux ne sont pas blond carotte. Ils sont blond-roux...»

Ma mère se pavane d'aise devant les remarques admiratives de ces adultes sur sa famille. Mais je sais, moi, que nous ne sommes pas une vraie famille. Et il m'arrive parfois de chercher dans le tramway un monsieur qui pourrait avantageusement remplacer le mari de ma mère.

Ma grand-mère habite dans le quartier Mont-Royal, une rue populeuse où je retrouve des enfants différents de ceux de mon quartier, plus audacieux et plus délurés, me semble-t-il. Ils veulent toujours m'épater car je viens du nord de la ville où les maisons sont neuves, donc, croient-ils, plus belles et plus riches que les leurs. Je ne veux pas les décevoir et j'accentue même, par mes manières et mes propos, la différence qu'ils m'attribuent. Assise au pied du grand escalier extérieur qui mène à l'appartement de ma grand-mère, je leur raconte que notre maison est un bungalow de brique et de pierre.

«As-tu ta chambre à toi toute seule?

— J'ai une chambre grande comme le magasin de bonbons d'en face. Dans la salle à manger, c'est plein d'argenterie, de nappes de dentelle, et on mange avec de grands chandeliers sur la table. On a même une bonne qui couche dans le sous-sol.»

Ils me croient sur parole, ce qui me déçoit bien un peu. En revanche, eux me racontent leurs mauvais coups et leurs pique-niques au grand parc Lafontaine. Ils aiment me faire parler anglais, car la plupart d'entre eux n'ont certainement jamais rencontré une «tête carrée». De leur quartier, plus homogène que le mien, ils tirent une certaine fierté et un sentiment de sécurité. La vie dans le Nord leur paraît plus risquée. «Y a trop d'"immigrés"», me disent-ils. C'est exactement ces caractéristiques qui me permettent de prétendre à une vague supériorité. A mes yeux comme aux leurs, j'habite une ville étrangère. Cela leur fait peur et, moi, cela me rassure.

Ma grand-mère prépare toujours une variété de plats copieux et riches que nous dévorons. L'abondance de la table garantit en quelque sorte la prospérité de la famille. Et l'on semble croire que manger lourd et sucré garde davantage en santé. Les soupes au pois, les rôtis de porc à l'ail, les tartes aux raisins, aux pommes et au sirop d'érable, les gâteaux recouverts de crème fouettée composent les menus réguliers. La famille maternelle considère la nourriture comme l'expression de la réussite sociale. Elle met à l'abri des malheurs. C'est dire qu'on apprécie peu les gens minces ou maigres. Une certaine rondeur, associée à la jovialité, est de mise. Les «vrais» hommes sont préférés un peu ventrus et les «vraies» femmes se doivent d'avoir une poitrine forte.

«Il faut soutenir ce qu'on avance», répète en riant une de mes tantes.

Ma maigreur et ma pâleur alertent mes proches, les inquiètent même. Je suis une enfant fragile, il faut donc m'entourer de soins particuliers, affirme ma grand-mère. Personne ne peut me faire le moindre reproche devant elle. Je le sais et j'en abuse. Je mange des gâteaux à en avoir mal au cœur, je grignote toute la journée et je saute les repas.

« Cette enfant-là ne pèse pas une plume. Laissez-moi m'en occuper toute seule », déclare grand-maman.

Lorsque nous arrivons vers les onze heures du matin, ma tante adorée dort encore, ayant passé la nuit à jouer aux cartes. Mais elle ne tarde pas à se faire sortir du lit brusquement par ma grand-mère, qui l'expédie à la dernière messe, celle de midi. Jamais elle-même n'assisterait à cette messe des retardataires, celle qui réunit les lève-tard, c'est-à-dire les fêtards du samedi.

« La sainte table est quasiment vide à cette messe-là », affirme-t-elle.

Et tous, nous comprenons que ceux qui s'y rendent ne sont pas en état de communier. Mes oncles, eux, n'oseraient pas y assister, craignant davantage leur mère que mes tantes. Ils quittent la maison autour de 10 heures et l'un d'entre eux va tuer le temps dans un restaurant situé à quelques rues de là. Pour rien au monde, il ne prendrait le risque d'affronter sa mère sur cette question vitale. Jusqu'à sa mort, la vieille dame imposera sa loi à ses quatre enfants, tous dans la cinquantaine et qui habitent avec elle. Nous sommes déjà à table quand ma tante revient. C'est le prix qu'elle doit payer pour son dévergondage de la veille. Pendant le repas, tout sujet de conversation qui déplaît à la maîtresse de maison est interdit. Les histoires à double sens ou qui portent sur la religion ou la morale sont taboues. Par ailleurs, la politique ne suscite aucun intérêt, tout le monde est d'allégeance libérale, donc s'oppose au Premier ministre Duplessis. La famille en éprouve même un sentiment de supériorité sur la branche familiale restée à la campagne :

«C'est à cause des cultivateurs arriérés et ignorants qui votent pour les "bleus" de l'Union nationale qu'on est obligé de subir Duplessis», assure un de mes oncles.

Mon père, au contraire, affirme à la maison que ce sont les «culbécois» dans leur ensemble qui votent pour ce borné, alors que les Anglais, les seuls gens évolués, s'opposent à lui. Je croirai plus volontiers mon oncle maternel que mon père, et je préférerai diriger mon mépris vers les campagnes plutôt que vers notre «race» tout entière.

Les conversations portent sur les personnes plutôt que sur les idées. Et parce que les gens heureux sont sans histoire, on s'étend longuement sur les malheurs de telle cousine et les déboires de tel grand-oncle. On tait cependant les incartades des proches, oncles ou tantes, car on défierait ainsi l'autorité maternelle. Seuls, les conjoints passent en jugement. Et mon père en tout premier lieu. Ma grand-mère, qui s'active entre cuisinière et table, se réservant le privilège de servir sa famille, retient sa langue au cours des repas. Elle laisse seulement tomber, comme une guillotine, de rares remarques qui mettent un terme à la conversation. Ses jugements sont sans appel. Ma mère, toujours démunie devant la sienne, émet bien quelques protestations lorsqu'il est question de mon père, mais celles-ci portent moins sur le fond des attaques que sur la pertinence de les exprimer devant nous, ses enfants.

Ai-je accepté, comme je l'ai cru longtemps, cette opération systématique de démolissage de mon propre père ? Il est vrai qu'il me donnait mille raisons de justifier la famille de ma mère.

C'est ainsi qu'en plein hiver, un dimanche soir, revenant de notre visite hebdomadaire, nous nous sommes retrouvés dans une maison glaciale. Notre père, dans un geste fou, avait ouvert les fenêtres de toutes les pièces, même celle de notre chambre. Le thermomètre marquait - 20°, et la neige abondante qui tombait, soufflée par le vent, s'était accumulée sur les planchers.

Je regardai ma mère et je vis dans son regard une telle panique, une telle détresse, que je dus chercher en moi la force de réagir.

« Va balayer la neige. Je vais m'occuper de mon frère et de ma sœur. Je suis assez grande. »

La démesure de l'acte m'empêchait de pleurer. Je transformai le drame en jeu, demandant aux petits de faire des boules de neige que nous avons lancées par la fenêtre. Puis je les fis coucher tout habillés. Presque joyeux, insouciants, ils s'endormirent.

Silencieux, mon père s'était enfermé dans une petite pièce à lui où nous n'allions jamais. Des heures durant, il pouvait rester penché sur des haut-parleurs, des transformateurs ou des circuits complexes de fils électriques accumulés tout autour de lui. Ce soir-là, mon manteau sur le dos, couchée dans un lit glacé, avec comme seul bruit la respiration rassurante de mon petit frère et de ma petite sœur, jusque tard dans la nuit, je cherche à comprendre l'incompréhensible. Épuisée, je finis par couler à pic dans un sommeil rempli de tempêtes de neige.

Ainsi, mon père n'acceptait pas ces visites à sa belle-famille qui, en retournant ses enfants contre lui, sapait son autorité. Là-dessus, notre mère ne lui cédera jamais et, jusqu'à ce que la maladie cloue ma grand-mère sur un lit d'hôpital, à la fin de mon adolescence, chaque dimanche, poudrerie ou pas, nous referons le trajet qui menait chez elle, comme à un sanctuaire.

Mes insuccès scolaires durant cette troisième année correspondent à un tournant de ma vie d'enfant, où il me devient impossible de nier la réalité familiale. J'ai honte de ceux que j'aime et, en me projetant sans cesse par le désir dans un milieu supérieur au mien, ma mère, bien involontairement, m'enferme dans une solitude accablante.

Aucune maîtresse, aucune petite amie, ne peut recevoir mes confidences, cette année-là. C'est avec soulagement que je vois arriver la fin des classes et que je prends congé de la grosse demoiselle. Mais c'est compter sans le discours d'adieu de sœur directrice qui ruinera, en quelque sorte, ces vacances tant méritées.

Dans la grande salle, alignées classe par classe dans un silence impressionnant, nous attendions le « sermon », vaguement inquiètes. Sur l'estrade, sœur directrice dominait l'assistance. Très grande, très maigre, le teint jauni avec l'âge et, croyions-nous, par le savon de la communauté, elle commença par une mise en garde :

« L'été est la saison la plus dangereuse de l'année, mes filles. Souvenez-vous que c'est en été, dans le désert, que Jésus fut tenté par le diable. »

Tous les pièges nous seront tendus à cause de l'absence d'encadrement moral. La chaleur, cette douce chaleur dont nous rêvons avec obsession la moitié de l'année, nous obligera à nous dévêtir. La peau étant suspecte, nous devons donc porter des robes recouvrant les genoux et les épaules jusqu'aux coudes. Et malheur à celles qui s'afficheront avec des robes sans manches. Ces abominables robes soleil, pour le sexe fort une occasion prochaine de pécher, deviendront mon obsession. A huit ans, je ne choisis pas encore mes vêtements et ma mère a un faible pour elles. Je les porterai donc, mais en mettant dessous des blouses à manches courtes. J'aurai chaud, mais j'offrirai de souffrir pour le rachat des âmes du purgatoire. Sœur directrice nous met également en garde contre les rencontres risquées que sont susceptibles de faire celles d'entre nous qui voyageront :

« Attention aux gens qui ne partagent pas votre morale, mes grandes filles. Beaucoup sont des étrangers, mais on en trouve malheureusement dans notre propre peuple. »

De plus, notre corps plus exposé au regard des garçons et des hommes pouvait nous entraîner à pécher par « mauvais désir ». Et alors aurions-nous le courage d'aller à confesse sur-le-champ ? Qui nous inciterait à assister à la messe en semaine, à communier les dimanches et le premier vendredi du mois ? Sœur directrice nous faisait bien sentir que nous devenions spirituellement des orphelines, n'attribuant ainsi aucun pouvoir moral à nos propres parents. L'été, la chaleur, le feu de l'enfer et du purgatoire, tout était lié. Et si nous, les petites, nous nous sentions visées par le sermon, qu'en était-il des grandes filles de septième, huitième ou neuvième année ? Je savais qu'elles avaient l'âge des gros péchés, les inavouables, les inimaginables, ceux qui donnent des boutons sur la figure. Avec ma peau de bébé, je n'en étais pas là mais, tout de même, j'avais de la peau, et peau et péché, m'apprenait-on, étaient synonymes.

Je traverserai cet été-là avec difficulté. J'étais devenue scrupuleuse, trop pieuse et trop sérieuse. Je jouais encore avec mes amis anglais mais avec des arrière-pensées. L'année scolaire m'avait fait prendre conscience que les maîtresses pouvaient être injustes à mon endroit aussi, en dépit de toutes mes tentatives de séduction. J'avais également le sentiment d'avoir été frustrée de connaissances précieuses que j'étais en droit d'obtenir en classe. Et, surtout, j'avais une nouvelle source d'inquiétude. Mon père défiait Dieu et le pape chaque dimanche lorsqu'il bricolait à la maison. Je craignais que le duplex dans lequel nous vivions ne s'effondrât sur nos têtes, une religieuse nous ayant raconté que ce sort s'était abattu sur un mécréant qui n'avait pas respecté l'arrêt de travail obligatoire, le jour du Seigneur.

Nous étions à la fin de la décennie quarante. L'urbanisation du Québec marquait des points. Les familles étaient, en général, plus nombreuses que la mienne. Dans le quartier, avoir plus de cinq enfants était considéré comme un signe d'insignifiance et comme un désir de manger de la misère à tout prix. J'entendrai ma mère en parler avec les voisines, de balcon à balcon, lorsqu'elles étendaient leur lessive sur la corde à linge. Je ferai miennes ces idées modernes qui cadraient difficilement avec celles qu'on m'inculquait en classe. Mais la pauvreté m'effrayait moins que la richesse, car je craignais de ne plus savoir quoi désirer si je possédais tout. Perdre le désir m'apparaissait comme une sorte de mort lente. Seul ce désir de sortir de l'ignorance, du statut moyen de ma famille, de mon quartier, de ma «race canadienne française, née pour un petit pain», me permettait d'aimer l'avenir. Cet été 1949, je le vivrai comme une épreuve à la fois religieuse, morale, familiale et sociale. Je me réfugierai dans la prière et dans la lecture de la littérature enfantine de France. Je me projetterai dans ce pays à la fois familier, étranger et menaçant. Je rêverai d'être d'ailleurs, étant incapable de me sentir chez moi quelque part.

Le réseau de bibliothèques publiques était peu développé. Et je ne connaissais guère de gens qui possédaient des livres. Pour lire, il me fallait une volonté plus grande que l'apathie du milieu qui m'entourait. Je m'abonnai à une succursale de la Bibliothèque municipale, située à plusieurs rues de chez moi. J'entrais, dans ce local modeste, avec au moins autant d'émotion qu'à l'église. Les deux bibliothécaires, qui parlaient d'une voix douce et lente, m'intimidaient grandement, car elles détenaient les clefs de l'univers magique du rêve et du savoir. De plus, c'était elles qui me désignaient les rayons où mon choix de lecture pouvait s'exercer. Dès lors, elles possédaient sur moi un énorme pouvoir. Je n'avais droit qu'à trois livres par semaine, et je les dévorais en deux jours et demi, au grand désespoir de ma mère qui préférait m'envoyer jouer dehors plutôt que de me voir enfermée dans ma chambre. Les valeurs de la campagne dominaient les villes, et l'activité intellectuelle, ou perçue comme telle, dérangeait et inquiétait. Ma mère, bien qu'aimant la culture, n'échappait pas à cette règle. Je me sentais frustrée, et un vif sentiment d'injustice m'habitait. Les livres étaient là, à portée de ma main, et on me les prêtait au compte-gouttes. Je découvrais des histoires pieuses et quelques romans de la comtesse de Ségur, l'ensemble de l'œuvre étant réservé aux plus vieux. J'avais huit ans, j'étais assez grande pour commettre des péchés mortels, je vivais dans une maison où le péché, à travers mon père, était toujours présent, mais plusieurs des livres dits pour enfants m'étaient interdits. Cette censure, je la subirai jusqu'à l'âge adulte.

Lire provoquait en moi un sentiment de supériorité sur mon entourage. Je ne connaissais qu'une autre petite fille partageant ma passion. On l'empêchait, elle aussi, de lire trop longtemps et trop souvent. Nous rêvions à haute voix de ces châteaux français où les enfants se cachaient dans des greniers remplis de trésors et tyrannisaient des domestiques qui travaillaient à la place de leur mère. Je savais que, dans les quartiers riches, les Anglais et quelques rares Canadiens français avaient des servantes — une de mes tantes l'avait elle-même été chez des Juifs anglophones —, mais cette réalité était une pure abstraction, comme les histoires racontées dans mes livres. Dans mon quartier, les mères ne travaillaient pas, ayant trop à faire à la maison, et les pères apportaient la paie chaque vendredi. Ce jour-là, les enfants devaient se tenir tranquilles car les hommes avaient l'habitude de passer par la taverne avant de venir déposer leurs dollars dans le tablier de leur femme. Certains avaient la bière gaie, d'autres violente, cela dépendait des semaines, et nous, les enfants, étions toujours sur le qui-vive. Mais jamais, au grand jamais, nous n'aurions discuté de ces choses entre nous.

Un seul événement important me permit d'oublier un peu les tentations de cet été-là. Ce fut l'arrivée d'Albertine, une fillette de la campagne, dont la famille s'installa au coin de notre rue. Cette petite fille provoqua un attroupement dès sa première sortie dans notre ruelle. Et pour cause ! Elle marchait pieds nus, sacrait comme un charretier et ne se laissa même pas impressionner par le gros Pit, notre terreur à tous. Elle se distinguait de nous par ses manières, son allure, sa façon de parler. Elle venait de la campagne, mais une campagne un peu spéciale puisque située au bord de la mer, en Gaspésie, dans le golfe du Saint-Laurent. Son père était pêcheur, elle avait navigué avec lui dans les tempêtes, et je me souviens que, petits citadins ébahis et sceptiques, nous nous réunissions en bandes, sur les marches de l'escalier extérieur de sa maison. Albertine, avec un accent curieux qui n'était pas celui de France, le seul que nous identifiions alors, nous faisait découvrir un monde étranger, mythique, où des navires se perdaient en mer mais dans une mer qui nous appartenait. Elle connaissait des enfants orphelins, elle en avait même dans sa propre famille. Elle se moquait de nous, les gens de la ville, parce que nous ignorions l'eau salée et les marées. Certes, nous la savions canadienne française, mais elle ne cadrait pas avec notre décor. Lorsqu'elle descendait l'allée centrale, en revenant de communier, le dimanche, elle inclinait la tête très bas, comme seules les religieuses savaient le faire. Comment pouvait-elle sacrer et recevoir l'hostie en ayant cet air aussi pieux ? Cette petite fille m'attirait, mais lorsque je découvrirai ses faiblesses en classe, l'année suivante, elle perdra cette aura d'un été. Car on nous apprenait à l'école, comme au foyer, à ne respecter que les meilleures et les plus fortes en classe. Cette petite Gaspésienne frêle et blonde, qui n'avait pas froid aux yeux, représentait tout de même un défi aux normes. Elle était canadienne pure laine comme nous, parlait avec un vocabulaire et un accent particuliers, ne se gênait pas pour lancer des gros mots et nous battait sur le terrain le plus important et le plus délicat, celui de la piété. Lorsqu'elle déménagera, un an plus tard, nous éprouverons un sentiment de soulagement. Albertine et sa famille détonnaient dans notre univers clos et codifié. A vrai dire, elle passa dans nos vies comme un coup de vent de liberté impossible à saisir. De là, la menace que nous sentions peser sur notre groupe d'enfants, une menace, en un sens, plus grande que celle que représentait la présence de nos voisins anglo-protestants. Car ces derniers n'étaient pas nous, ils étaient même contre nous. Qu'il y ait au sein même de ma « race » quelqu'un comme Albertine, si différente, et en même temps plus catholique que moi, voilà ce qu'à huit ans je découvrais.

4

Le retour en classe, au début de septembre, créait, dans la plupart des familles, un énervement bien compréhensible puisque nous rapportions à nos parents la liste, chaque année plus longue, de fournitures scolaires qu'il fallait payer comptant. La scolarité et les manuels étaient gratuits mais s'y ajoutait le matériel obligatoire : crayons, coffre, cahiers, tricot, broderie et, bien sûr, aumône à la Sainte-Enfance. Mon père protestait, dénonçait les sœurs, ces « voleuses », et retardait le paiement, me plaçant dans la situation humiliante de voir, chaque jour, mon nom au tableau noir dans la colonne des « retardataires ». L'importance de l'école, dans les milieux simples, était diversement appréciée. On avait tendance à l'accepter comme une obligation. Il fallait bien apprendre à lire et à écrire. Mais on se méfiait des gens trop instruits. Ils faisaient peur. Seuls échappaient à cette règle les médecins, les avocats et les prêtres, qui incarnaient les trois besoins fondamentaux du Québec d'alors : se faire soigner si l'on est vraiment malade, pouvoir se défendre si l'on est attaqué, et sauver son âme pour s'assurer une vie meilleure dans l'au-delà. C'est pourquoi Maurice Duplessis avait tant de succès auprès des foules lorsqu'il lançait sa petite phrase : « L'instruction, c'est comme la boisson forte, y en a qui ne supportent pas ça ! » La seule résistance à ce courant anti-intellectuel venait de femmes comme ma mère pour qui, au contraire, les gens instruits représentaient les modèles à imiter. Des religieuses également se battaient pour que les filles puissent avoir accès aux études classiques, chasse gardée presque exclusive des garçons. Humiliées par les pouvoirs publics, qui ne leur accordaient aucune subvention, les dirigeantes de ces communautés religieuses enseignantes menaient le combat féministe, bien avant la lettre. L'institutrice de la quatrième année, Mlle Laframboise, une « vieille fille » comme elle se désignait elle-même en souriant, représentait à mes yeux la femme émancipée. Elle était libre, indépendante financièrement, et partageait avec sa sœur un logement près de l'école. L'été, elle parcourait la campagne et se rendait même sur les plages américaines du Maine. Lorsque nous étions sages, nous avions droit, le vendredi après-midi, au récit des voyages de la maîtresse, récits qui nous valaient bien, en excitation, les histoires des Indiens se battant contre les Français. Quels risques !, pensais-je, que ces incursions outre-frontières de notre audacieuse institutrice, que nul mari ne protégeait. Nous étions impressionnées de côtoyer une personne de sa qualité et de son expérience. Mlle Laframboise me prit en affection. Sans doute percevait-elle l'admiration que je lui vouais. Elle m'invitait même au restaurant, quelquefois, après l'école. Je me gavais de *sundaes* aux cerises en lui faisant la conversation. Elle aimait m'écouter parler, car j'avais une belle diction. Elle le confia à ma mère lorsque celle-ci alla chercher mon bulletin, une pratique répétée chaque semestre afin de rencontrer les parents. Mais ces tête-à-tête au restaurant tournèrent court lorsque sœur directrice apprit la chose, sans doute par des élèves envieuses de ce traitement de faveur. L'institutrice me convoqua un soir après la classe. Je fus frappée par son air triste :

« Vous n'auriez pas dû raconter à vos compagnes que je vous emmène au restaurant. On m'accuse de favoritisme à votre endroit. Pour vous, comme pour moi, il est préférable de ne plus recommencer. »

Je repartis vers la maison l'âme en peine. J'appris, plus tard, qu'il était interdit aux maîtresses de fréquenter les élèves en dehors de la classe. Aussi interdit que de donner rendez-vous à un homme à la porte de l'école.

Nous apercevions parfois notre titulaire montant dans la voiture d'un beau monsieur, à quelques coins de rues de l'école. Ainsi notre mademoiselle risquait de nous abandonner un jour pour se marier. Toute cette année, j'attendrai, heureusement en vain, l'annonce de son départ pour cause matrimoniale. Le dimanche, à la messe, j'étais particulièrement attentive à la publication des bans, dont la formule me médusait : « Si quelqu'un connaît quelque empêchement à ce mariage, il est prié de le faire savoir. » Jamais personne ne se levait dans l'église pour crier : « Moi, je connais une raison. Cet homme a déjà été marié. Il habitait Sept-Iles et c'est là que je l'ai fréquenté. » C'est ainsi que devaient se dérouler les dénonciations. Dans notre cours de catéchisme, on nous l'avait raconté de cette manière. Je n'eus pas l'occasion, donc, de me lever pour déclarer : « Je veux garder ma titulaire, elle n'a pas le droit de nous abandonner, nous, ses élèves adorées. »

Je ne comprenais donc pas pourquoi elle continuait de fréquenter cet homme si elle ne l'épousait pas. On sortait avec un homme pour se marier. On se mariait pour faire des enfants. Mlle Laframboise avait peut-être une faille dans sa morale. Mais faille ou pas, même laïque, la maîtresse nous assura un enseignement religieux aussi intense que si elle eût été une religieuse. Nous étions en 1950, l'année sainte, et la pompe des célébrations de Rome atteignit la province tout entière. Le dogme de l'Assomption promulgué par Pie XII entraîna une recrudescence de piété à l'endroit de la Vierge. Chaque école du Québec hérita d'une statue de Marie, contenue dans une niche en bois portative de près d'un mètre de hauteur, que les élèves méritantes avaient l'insigne honneur d'emporter à la maison, pour une nuit. Mgr Léger, archevêque de Montréal, réussit à «mettre le Québec à genoux», selon sa propre expression. Il devint la vedette du Chapelet en famille diffusé chaque soir à la radio. La cote d'écoute de l'émission battit tous les records et, en survolant le Québec à cette heure, on pouvait entendre durant quinze minutes le murmure d'un peuple entraîné par son pasteur vers le refuge sacré du sein de la Mère des mères. Le jour béni où l'on me prêta la statue, un long cortège d'enfants me raccompagna à la maison. Les religieuses suggéraient aux élues d'inviter les voisins à réciter ensemble le chapelet devant la niche qui remplissait notre maison d'indulgences. Il n'était pas question de faire entrer qui que ce soit chez nous, car le honteux secret de l'incroyance paternelle serait découvert et entraînerait, croyais-je, une perte de prestige et mon rejet par l'école. Ma joie fut donc de courte durée et entachée d'inquiétude. Comment pouvais-je expliquer, en rapportant la Vierge de plâtre, le lendemain matin, que j'en avais volontairement frustré les voisins et que, pour me consoler, j'avais dormi avec elle dans mon lit, toute la nuit ? Lorsqu'on nous informa que les premières de classe hériteraient automatiquement de la fameuse niche, même si elles en avaient été les bénéficiaires auparavant, je fis un effort pour commettre des fautes dans mon examen de français mensuel, afin d'éviter de ramener cette visiteuse encombrante au foyer.

Il arrivait à sœur directrice de distribuer les bulletins dans les classes, au cours de l'année. Le cérémonial énervait plusieurs de mes compagnes mais, comme je n'avais rien à craindre, mes notes étant redevenues excellentes, j'attendais ce moment avec hâte. Je méritais souvent une des trois médailles en or ou en argent, que j'épinglais fièrement, tout le mois durant, sur mon uniforme de serge noire. Pour quelques petites filles, cette remise de bulletins devenait un vrai calvaire. Sœur directrice les grondait parce qu'elles avaient les mains et les ongles sales, et il arriva même à une pauvre maigrichonne, le souffre-douleur de notre quatrième année, d'avoir à ouvrir la bouche devant nous, à la demande de la religieuse qui voulait nous montrer combien étaient repoussantes des dents non lavées. La pauvre pleurait en hoquetant et retourna à sa place avec un bulletin maculé de taches d'encre et de larmes. J'étais humiliée pour elle et gênée pour la religieuse. Il me semblait que cette dernière manquait de charité chrétienne.

Cette visite était précédée d'une activité survoltée dans la classe. Nous entreprenions un grand ménage : planchers balayés, tringles époussetées, cuivres polis, tableaux lavés, pupitres nettoyés. Toutes, institutrice et élèves, savions que nous passions un examen. L'ordre et la propreté représentaient des valeurs fondamentales que nous transmettaient les religieuses. Sans doute traduisaient-elles aussi, matériellement, cet objectif de pureté qui occupera nos énergies jusqu'à l'âge adulte. La religieuse profitait de cette occasion pour nous entretenir de sujets graves; la pureté, bien sûr, mais également les dangers du communisme. A cette époque, la guerre froide imposait ses lois. Chez nos voisins américains, un certain sénateur s'en donnait à cœur joie dans sa chasse aux diables rouges et, à l'école, on le recommandera aux prières pour qu'il réussisse son combat. « C'est une sorte d'archange Gabriel », nous disait-on. C'est donc au cours d'une de ces distributions de bulletins que sœur directrice nous raconta une histoire qui hantera mes nuits durant plusieurs mois.

« Imaginez-vous, dit-elle, que les Russes arrivent à Montréal, venus par le pôle Nord, et qu'ils s'installent, mitraillette à l'épaule, à l'angle des rues Saint-Denis et Jarry. Après avoir rassemblé toute l'école au carrefour, ils étendent au milieu de la rue le grand crucifix noir du Vendredi saint. »

Il s'agissait d'une énorme croix de bois teinté, de trois ou quatre mètres de haut, sur laquelle reposait un christ phosphorescent, et qu'on exhibait couchée sur les marches de l'autel, face aux fidèles, le Vendredi saint. Dans l'immense église paroissiale, aux fenêtres tendues de noir, nous, les enfants des écoles, tremblions de peur. C'est dire l'impression que faisait sur nous cette association entre les communistes et cette croix redoutable. Et la sœur continua son récit :

« Des soldats russes, mitraillette à l'épaule, se postent au-dessus de chaque bras de Jésus, et le chef vous met devant le choix suivant : marcher sur le corps du Christ et avoir la vie sauve ou refuser cette profanation et recevoir une balle dans le cœur. »

Satisfaite de son effet, la religieuse baissa les yeux, comme recueillie, et laissa le lourd silence s'abattre sur nous durant plusieurs secondes. Peu à peu, les pleurs retenus des enfants consternés se firent entendre. Reniflements, bruits de pupitre ouvert pour sortir les mouchoirs, quintes de toux permirent de briser cette atmosphère de fin du monde. J'étais trop ébranlée pour pleurer. Mon seul espoir, c'était notre maîtresse. Mais elle gardait la tête penchée, les mains croisées sur ses genoux. Seul un léger mouvement du pied m'assurait qu'elle était bien vivante et qu'elle avait entendu le même récit que nous.

Sœur directrice n'en avait pas terminé :

« Vous n'avez pas le choix, mes filles. Vous devez pouvoir répondre à cette question terrible mais nécessaire. Que faites-vous, que faites-vous en pareille circonstance ? Souhaitez-vous mourir, martyre de votre foi, ou préférez-vous vivre, renégate, en devenant communiste ? »

Et, se tournant vers notre titulaire :

« Je crois, mademoiselle, que cette question devrait alimenter la discussion qui suivra mon départ. »

Sur ce, notre distinguée visiteuse se leva. Elle sortit, accompagnée d'un faible « Au revoir, ma sœur directrice » collectif.

Notre maîtresse retrouva sa place sur l'estrade et, pour la première fois depuis le début de l'incident, elle nous regarda, l'air ahuri. Elle ne semblait pas trouver les mots pour nous calmer. Que pouvait-elle dire sans attaquer l'autorité ? Nous percevions son malaise qui ne faisait qu'augmenter le nôtre. Voulant l'aider, je levai la main :

« Est-ce que ça peut arriver, ce que nous a raconté sœur directrice ? »

Elle répondit que c'était une bonne question. Qu'il ne fallait pas prendre les propos de la sœur au pied de la lettre.

Que probablement les Russes ne réussiraient jamais à nous envahir parce que les Américains, nos voisins et amis, ne les laisseraient pas faire. Ils possédaient des bombes atomiques qu'ils pouvaient lancer sur la Russie. Ils en avaient d'ailleurs largué sur le Japon durant la guerre, et les Japonais avaient alors été obligés de faire la paix avec eux. Nous étions peut-être un petit peuple, nous, les Canadiens français, mais nos soldats aussi savaient se battre avec courage. N'avaient-ils pas vaincu les Allemands sur les plages de Normandie, en France ? Enfin, conclut-elle, en priant davantage, nous avions des chances d'être épargnées. Elle proposa donc une neuvaine à la petite Thérèse de Lisieux, sa sainte préférée, neuvaine que nous commencerions le lendemain matin. C'est ainsi que, dans les jours qui suivirent, après avoir assisté à la messe quotidienne en compagnie de Mlle Laframboise, le matin, le midi et le soir, agenouillées, les yeux clos, nous avons récité le rosaire pour nous éviter l'envahissement des hordes russes. Durant des mois, je ne pourrai regarder une mappemonde sans un pincement au cœur. Les Russes aussi étaient nos voisins, puisque nos frontières se touchaient par le Nord. Ils pouvaient pénétrer chez nous sans problème. Comment les Américains s'y prendraient-ils pour nous protéger en haut puisqu'ils étaient en bas ? Et le jour où ils décideraient, eux, protestants anglais, de ne plus se porter au secours des catholiques canadiens français, qui nous protégerait ? Certainement pas la France, qui nous avait abandonnés en 1760, qui était ruinée par la guerre et dirigée par des athées et des communistes. On nous répétait constamment que la Vierge, à Fatima, devant trois enfants, avait laissé tomber une petite phrase inquiétante : « Pauvre Canada ! » J'étais dorénavant convaincue qu'elle faisait référence aux dures réalités de notre histoire et de notre géographie.

En dépit de cette éducation particulière, l'école me procurait beaucoup de joie. L'encadrement des élèves, comme le règlement interne, imposait des contraintes mais, en même temps, représentait une sécurité que la maison ne pouvait m'apporter. Au foyer, je craignais toujours le pire sans pouvoir identifier ce que pouvait être ce pire. Lorsque mon père était présent, une sorte de menace planait sur nous, entretenue par notre mère multipliant les mises en garde :

« Taisez-vous, votre père est de mauvaise humeur. Allez jouer dehors, il va se fâcher ! »

Elle nous communiquait ainsi sa propre anxiété. A l'école, tout était prévu : le travail comme les jeux et les fêtes. Et tout se déroulait selon un cérémonial plus ou moins élaboré. C'était, d'une certaine façon, la continuation de la liturgie de l'église.

Les spectacles organisés durant l'année créaient une activité fébrile durant de nombreuses semaines, et marquaient les temps forts de la fréquentation scolaire. J'avais souvent le bonheur d'être une des vedettes de ces saynètes dont les thèmes s'inspiraient presque toujours de la religion. J'avais, cette année-là, repris mes cours privés de diction dans un conservatoire à la mode, et l'aisance que je manifestais en public surpassait celle de mes compagnes.

Mais, pour une raison inconnue et mystérieuse, je ne réussissais jamais à être l'élue qui récitait l'adresse à sœur directrice, au cours d'une de ces fêtes annuelles où elle recevait l'hommage de l'école. Je me classais dans les cinq premières de la classe, tous les mois. L'élève choisie également. Je rêvais de réciter cette adresse pompeuse, gantée de blanc, en faisant la révérence chaque fois que revenait la phrase «Très chère sœur directrice». Je me disais que les sœurs, qui me voyaient à la grand-messe du dimanche accompagnée seulement de ma mère, de mon jeune frère et de ma petite sœur, avaient deviné que mon père était un mécréant.

C'est au cours de cette année-là que ma piété augmenta de plusieurs degrés, alimentée par une série d'activités religieuses, dont la plus excitante fut la projection de longs métrages édifiants. Celui dont je garde le souvenir le plus intense et le plus trouble s'intitulait *Celle qui a dit non* et racontait l'histoire de Maria Goretti. J'en ai vu deux versions. Une au cours de la quatrième année et l'autre trois ans plus tard. La première version avait tellement été censurée qu'il était impossible de comprendre pourquoi le garçon tuait la pure Maria. Au cours de la seconde projection, les scènes de tête-à-tête entre les deux jeunes gens ayant été conservées, il devenait plus facile de saisir les mobiles de ce crime abject. Le garçon aux yeux trop noirs et aux lèvres trop épaisses désirait faire sur Maria de mauvais touchers. C'est l'explication que nous donna, à nous les plus jeunes, une grande de douze ans, qui avait triplé sa quatrième année et qui nous assurait que Maria était une niaiseuse qui avait dit non parce qu'elle n'avait pas compris la question. Je trouvais cette grande «queue» iconoclaste, mais son histoire créait tout de même un doute dans mon esprit. Cela ne m'empêchera pas de développer une peur bleue d'un garçon italien aux lèvres trop charnues et au sourire vicieux que je croisais sur ma route en allant à l'école.

Les sœurs insistaient pour que la jeune martyre italienne devienne la patronne de l'école. Nous devions la prier pour la conversion des garçons, tous susceptibles de se transformer en assassins si leurs bas instincts prenaient le dessus. Maria pouvait également nous aider à chasser les pensées d'impureté qui, apparemment, croissaient au même rythme que la taille. Je n'avais pas de mal à croire que les hommes, petits ou grands, pouvaient mettre nos vies en danger. Notre chère Mlle Laframboise nous avait affirmé que rien dans la nature ne relevait du hasard. J'en déduisais que la supériorité physique du sexe masculin sur le nôtre expliquait ou justifiait cette menace constante qui pesait sur nous et qui, à la limite, nous annihilait. Je n'en éprouvais pas moins un sentiment de révolte quand je me trouvais dans l'obligation de changer de trottoir, devant une bande de garçons, de peur de recevoir des coups ou de subir le sort de Maria Goretti. Mon refuge et ma consolation, c'était donc l'église et la fréquentation des sacrements. La messe matinale et la sainte table représentaient mon havre de paix. Je ressentais parfois quelques pincements au cœur, une angoisse sourde d'être en état de péché mortel permanent depuis ma première communion. Mais j'avais besoin de ce tiraillement intérieur qui me donnait l'impression, lorsqu'il disparaissait, d'être remplacé par des bouffées de bonheur qui n'étaient rien de moins que l'état de grâce décrit par Thérèse de Lisieux.

Nous échappions à l'influence anglo-protestante grâce aux mises en garde constantes de l'école. Sauf pour l'*Halloween*, cette commémoration païenne de la fête des morts, le 31 octobre au soir. Les sœurs avaient beau dénoncer l'événement, leurs remarques restaient lettre morte.

« C'est une insulte aux défunts ! » disaient-elles.

De plus, cette quête aux portes des maisons du quartier, à la noirceur, comportait des risques énormes.

« Vous ne savez jamais les idées mauvaises que peuvent avoir certaines personnes chez qui vous allez sonner. »

Mais aucun argument ne nous convainquait. Nous aimions trop nous déguiser en sorcières, en pirates ou en clowns, afin de recueillir les friandises que nous donnaient, généreusement, les voisins. Les maisons les plus courues étaient celles des Anglais qui, effectivement, fêtaient avec plus d'éclat cette veillée mortuaire. En général, ils avaient préparé à l'avance trois paniers : un rempli de sacs de bonbons, un de sous noirs, et un de pommes. Ils nous faisaient pénétrer dans le salon et, devant leurs invités amusés, nous devions chanter ou réciter un petit compliment. J'étais parmi les chanceuses. Non seulement je me pliais de bonne grâce à leur désir mais, parlant leur langue, je leur chantais des comptines, comme *Old McDonald had a farm*. Je touchais le gros lot, ayant droit de plonger la main dans le panier de sous noirs.

Notre course folle dans les rues débutait vers les 6 heures, au moment où l'obscurité était totale. Les fenêtres étaient décorées de citrouilles évidées et éclairées de l'intérieur par des bougies. Les fantômes pouvaient alors se promener. Le clou de la soirée, vers les 7 heures et demie, nous réunissait tous — plus d'une centaine d'enfants — devant la maison du pâtissier, un grand et gros monsieur qui devenait, en cette soirée macabre, le maître de l'*Halloween*. Lorsque nous étions suffisamment nombreux et bruyants, il sortait sur son perron, déclenchant des cris et des bousculades. Le cher homme, après avoir glissé la main dans un sac de toile — le même chaque année —, lançait dans les airs une poignée de pièces, provoquant une pagaille indescriptible. Puis, il contemplait, souriant et satisfait, les petits monstres masqués ou maquillés en train de se battre pour réussir à ramasser les sous dispersés dans la rue, sur le trottoir ou le gazon. Il retournait ensuite à l'intérieur et, de la fenêtre de son salon, appuyé sur sa grosse citrouille, il riait à gorge déployée. Nous lui criions de revenir, avec des gestes de supplication. Il nous faisait languir quelques minutes puis s'exécutait de nouveau, et la bataille pour les pièces blanches recommençait. Après quelques aller et retour, lassé du manège, il rentrait chez lui, éteignait les lumières extérieures du perron, et soufflait la bougie de la citrouille. Les enfants les plus petits, jetés à terre par leurs aînés, sanglotaient en retournant chez eux, alors que les grands jubilaient en caressant leurs «cinq» ou «dix» sous. La fête se terminait ainsi, chaque année. Dans la nuit froide, nous courions vers nos maisons, soudainement apeurés d'être dehors à cette heure tardive. L'excitation revenait, une fois attablés devant le résultat de notre quête. Nous avions fait provision de friandises pour des jours et des jours et nous possédions de l'argent de poche, comme les enfants des riches. Bientôt la mauvaise conscience reprenant ses droits, c'est avec énergie que nous nous savonnions la figure afin de faire disparaître les traces de maquillage. Ceux qui n'avaient pas pris cette précaution se faisaient montrer du doigt, le lendemain. En effet, à la messe de la Toussaint réunissant les enfants des écoles dans l'église, rien n'était plus facile que de démasquer le pirate, l'œil encore légèrement noirci, et la sorcière, aux lèvres trop rouges et aux sourcils trop dessinés, qui avaient participé à cette fête commune à tous les enfants d'Amérique du Nord. Cette quête de *Halloween*, nous voulions la vivre. Et peu nous importait qu'elle fût d'inspiration protestante, car personne ne pouvait affirmer que courir l'*Halloween*, c'était péché mortel! Et seul cet argument aurait pu mettre un frein à notre passion annuelle.

Dans chaque classe, quelques élèves se distinguent toujours du groupe. Bien sûr, il y a les plus douées, celles qui comprennent tout ; il y a les appliquées, celles qui se classent en tête du peloton, mais au prix d'un travail ardu. Il y a les dissipées, les grossières, et il y a la plus belle ; celle qui suscite l'envie de toutes. Dans ma classe, en quatrième année, la plus belle était éblouissante. Elle avait des cheveux de jais frisés, des yeux bleu marine, ardents, et un sourire ironique qui nous intimidait. J'avais bien remarqué que le dessous de ses semelles était troué, que son uniforme la serrait un peu trop, mais je la trouvais trop belle pour en conclure qu'elle était une vraie pauvre. La pauvreté ne pouvait avoir cette allure-là ! Claudette, mon idole, manquait souvent l'école, arrivait en retard le matin et, l'après-midi, se faisait réprimander publiquement par sœur directrice lorsqu'elle entrait dans la cour de l'école, une fois la cloche sonnée et les élèves déjà placées en rangs, classe par classe. Pour une fillette de neuf ans, il fallait une force et un sang-froid exceptionnels pour affronter ainsi, en baissant les yeux mais sans pleurer, les remarques tranchantes de la religieuse, devant l'école réunie.

Un matin qu'elle était de nouveau absente, la maîtresse, après consultation avec sœur directrice, m'envoya la chercher chez elle. Elle habitait à quelques rues, au sud de l'école, un quartier que nous jugions plus dur que le nôtre. J'étais surprise de me voir confier cette mission particulière et je me sentais investie d'une responsabilité très grande. J'arrivai devant chez elle, un peu nerveuse, et sonnai à la porte. Claudette vint m'ouvrir et son regard se troubla lorsqu'elle me vit en face d'elle.

« Sœur directrice m'envoie te chercher », lui dis-je d'une voix peu assurée.

Sa mère vêtue d'une chemise de nuit froissée et trop décolletée s'avança en titubant.

«Qu'est-ce que tu viens faire chez nous?» me demanda-t-elle brutalement.

Je lui répétai le message de la directrice les yeux baissés, honteuse d'humilier la plus belle élève de notre classe. Quelle découverte! Cette femme vulgaire, mal embouchée, empestant l'alcool, c'était sa mère!

«Retourne à l'école et dis à la sœur que ma fille, c'est ma fille, et que je peux la garder chez nous si ça me tente. C'est pas de ses maudites affaires... Va-t'en, p'tite crisse...»

Sur ce, elle me referma la porte au nez en tirant brusquement sa fille à l'intérieur. Je repris mon chemin, attristée d'avoir percé le gros secret de cette pauvre compagne. Me voyant revenir seule à l'école, sœur directrice comprit que j'avais échoué dans ma mission. Elle me dit qu'elle réglerait le problème autrement. Elle ajouta, cependant, que trois «Je vous salue, Marie» à l'intention de Claudette pourraient aider cette dernière et me fit agenouiller à ses côtés, dans son bureau, ce lieu qui terrorisait toutes les petites filles. Ce privilège — prier seule en compagnie de la religieuse — me parut être un signe de Dieu. Mon âme était plus blanche que ma conscience ne me le faisait croire.

Je payai cher cette intrusion dans la vie familiale de ma camarade. Lorsqu'elle revint en classe, le lendemain, elle me jeta un regard hautain et méchant qui me glaça. Je baissai les yeux, gênée et inquiète pour la suite. Et j'eus raison d'être alarmée. La belle Claudette, dont les traits se durciront avec les années, au point que nous ne la désignerons plus que de l'expression «la grande tough», me harcèlera presque quotidiennement dans la cour de l'école ou dans les corridors, là où la surveillance des autorités se relâchait. Pour mettre un terme à son agressivité, il eût fallu que je lui confie mes honteux secrets.

Mais, à huit ans, j'aurais préféré mourir plutôt que de me démasquer ! Je découvrirai aussi, au cours de cet incident, qu'on ne peut impunément être la représentante enfantine de l'autorité adulte. Sœur directrice, en m'expédiant dans cette maison où elle savait que logeait la misère, m'avait, sans le vouloir, isolée davantage. Au lieu d'en conclure qu'à tout prendre mon sort était préférable à celui de Claudette, j'en déduisis qu'il me fallait cacher davantage ma véritable identité. Je redoublai de ferveur en assistant à deux messes quotidiennes, en me confessant plus souvent, en communiant avec une sorte de frénésie, et en récitant mon chapelet les bras en croix.

L'Église protectrice de la foi et de la langue jouait pleinement son rôle. Encore une fois, je me retrouvais déchirée entre les affirmations paternelles et le discours de l'école. Mon père ne cessait de déblatérer contre le « Culbec » clérical, arriéré et content de l'être, alors que mes maîtresses citaient notre peuple tout entier comme modèle de résistance et de patriotisme. Une cérémonie consacrait mensuellement notre engagement collectif : le salut au drapeau. Le gouvernement du Québec venait d'adopter le fleurdelisé comme drapeau officiel de la province. Il contrecarrait la domination de l'Union Jack britannique qui, tenant lieu de drapeau canadien, battait au vent sur la plupart des édifices publics et des entreprises dirigées par les Anglais. Dans la grande salle de l'école, nous déployions dans une atmosphère de quasi-clandestinité ce symbole bleu et blanc qui originait de France. Cet événement, je l'ai toujours vécu avec une émotion à peine contenue, accentuée sans doute par la solennité dont l'entouraient les autorités scolaires. L'étendard de notre identité incertaine bien en vue sur l'estrade, nous déclarions d'une seule voix forte et fière :

« A mon drapeau, je jure d'être fidèle ! A la race qu'il représente au Canada français, j'engage mes services ! A sa föi, sa langue et ses institutions, je promets d'être dévoué ! »

Puis, nous chantions le *O Canada* et *la Marseillaise* en version adoucie. Il n'était pas question de sang impur qui abreuve les sillons et de filles et de compagnes égorgées. Nous répétions plutôt les strophes précédant ces terribles phrases. L'aumônier, toujours présent à cette occasion, nous rappelait à nos devoirs de petites Canadiennes françaises.

« Soyez fières d'appartenir à cette race élue de Dieu qui joue en Amérique du Nord un rôle difficile mais essentiel. Vous devez maintenir le flambeau catholique et français dans cet océan anglais protestant matérialiste. »

Le prêtre nous citait constamment en exemple sa sainte préférée : Jeanne d'Arc, la Pucelle d'Orléans que les ancêtres de nos conquérants les Anglais et de nos voisins les Américains avaient brûlée sur un bûcher.

« Vous devez toutes être des petites Jeanne d'Arc », concluait l'aumônier.

Ainsi, me disais-je terrorisée, l'avenir me réservait un choix impossible : devenir une martyre dans les mains des communistes venus du Nord, ou être pucelle, ce que je croyais être une façon de mourir ! Lorsque je revenais de la classe, ces vendredis soir, mon patriotisme m'interdisait de jouer avec les enfants Smith et mon vieil ami Johnny. Pour rien au monde, je n'aurais parlé anglais. Pour la première fois de ma vie, je commençais à m'interroger sur cette anomalie que représentait l'incapacité des Anglais à dire un seul mot dans ma propre langue...

A la fin de cette quatrième année, je lisais parfaitement, j'écrivais à peu près sans faute, je connaissais la géographie du Canada et un peu celle des autres pays, grâce aux voyages que mon père y avait effectués, mais aussi grâce aux cours de catéchisme. En effet, au grand tableau noir de la salle de classe était dessinée une carte du monde de l'incroyance. Les cinq continents y étaient tracés et les pays, coloriés selon les religions : le bleu du ciel pour les catholiques, le mauve de l'Avent pour les autres religions et le rouge de l'enfer pour les athées.

Je me souviens de la France, bleue avec des taches rouges, et des États-Unis, mauves avec des points bleus. Les grands pans de rouge un peu partout me donnaient des frissons, d'autant plus qu'un peu de ce rouge teintait ma propre maison. Mon père était un communiste, murmurait-on parfois dans la famille maternelle. Il s'était rendu en Russie, avant la guerre, alors qu'il travaillait comme officier sur les bateaux, et les Russes l'avaient converti contre de la vodka. J'imaginais qu'une fois saoul, il avait dû appeler le diable pour lui vendre son âme. Je connaissais cette pratique, fréquente dans plusieurs pays, affirmaient nos maîtresses. Au Canada, on en recensait quelques cas isolés, toujours parmi les immigrés, précisaient-elles. Mon grand-père paternel étant d'origine française, la vraisemblance de ces affirmations n'avait pas, à mes yeux, besoin d'être prouvée davantage. Entourée comme je l'étais de tant de menaces, je parvenais tout de même à éprouver des sentiments de bonheur d'autant plus intenses qu'ils étaient gratuits et inespérés. Comme si, à travers cette éducation délirante, je comprenais que j'étais néanmoins sur la voie de la connaissance. Cette carte du monde de l'incroyance, c'était une vraie carte géographique, avec le vrai nom de vrais pays, que ma mémoire s'empressait d'emmagasiner. Mon salut passait par l'école, par les sœurs et les maîtresses laïques qui en possédaient la clef. Elles m'aimaient, je les aimais, et je croyais en elles.

5

La cinquième année de classe marquait un tournant dans le statut de l'élève dans l'école. De «petites filles», nous devenions de «grandes filles», et cette métamorphose se produisait grâce à la communion solennelle, au printemps. De septembre à avril, l'importance de préparer nos âmes à l'événement était au moins aussi grande que celle d'augmenter nos connaissances. Nous avions toutes conscience que nous prenions un risque sur notre avenir si nous échouions à franchir ce rite de passage obligé vers ce que les sœurs appelaient, sans que nous en comprenions le sens, la maturité spirituelle. Il était donc impérieux d'être classée dans la bonne classe, en début d'année, celle où la maîtresse était la plus pieuse et où se retrouvaient les élèves les plus douées. En cinquième année, il existait trois divisions : A, B, C. Précédemment, je m'étais toujours retrouvée en A, là où je croyais avoir ma place. Le premier jour, je me retrouvai en C, parmi un nombre considérable de «queues», dont quelques redoublantes, de deux ou trois années plus âgées que moi. Et pour comble de malheur, j'héritai d'une titulaire laïque, une jeune maîtresse timide et douce, Mlle Verville. J'étais effondrée ! Non seulement je n'étais plus dans mon milieu naturel, parmi les plus douées, donc, croyais-je, les plus aimées, mais, en cette année marquée du sceau de Dieu, je n'avais même pas le droit de mettre toutes les chances de salut de mon côté avec une sœur comme titulaire. Car il ne faisait aucun doute, dans mon esprit, que la vocation religieuse représentait un état de vie très supérieur à l'état laïque. La mort dans l'âme, je me dirigeai, avec ces brebis galeuses, vers le local qui serait mon calvaire tout au cours de l'année. Mince compensation, on me désigna ma place, la place d'élection, celle que je visais, le premier pupitre de la première rangée, qui faisait de moi la portière et la commissionnaire. Je pleurai en cachette, dans mon lit, plusieurs soirs d'affilée, incapable de me résoudre à accepter ce qui me paraissait une injustice révoltante. Je décidai de me venger, et ma cible était à portée de haine. Ce serait cette maîtresse laïque, inexpérimentée, qui n'avait pas eu le courage de se faire religieuse. Je n'aurais jamais osé m'avouer que la vraie coupable de mon humiliation, c'était sœur directrice. Elle avait trop d'autorité et me faisait trop peur pour que je m'attaque à elle. De plus, je savais qu'elle avait le pouvoir de m'empêcher de faire ma communion solennelle, et cette éventualité m'effrayait.

J'avais passé un été éprouvant, la crainte de tomber dans le péché mortel ne m'ayant pas quittée. J'avais beau refuser de porter des robes sans manches, éviter de me promener pieds nus dans mes sandales, je me sentais constamment en occasion prochaine de pécher.

« N'oubliez pas de mettre des bas courts si vous voulez être pudiques, mes filles. L'impudeur, ça commence par les pieds et ça monte », avait affirmé le prêtre avant les grandes vacances.

Je m'étais confessée à plusieurs reprises durant l'été. J'avais fait des chemins de croix dans l'église déserte. Mais rien n'empêchait les mauvaises pensées de hanter mes nuits. Ces pensées où je me retrouvais avec mes voisins anglais en train de faire pipi sous les perrons. Pour fuir cet état d'extrême malaise, j'allais me perdre dans le grand miroir de la chambre de mes parents. Debout devant la glace, je me dévisageais de longues minutes jusqu'à ce que mon propre regard me devienne étranger. Mes yeux dans les yeux, je basculais soudain. Celle que je regardais était une autre, une étrangère, hors de moi. Je soutenais mon propre regard jusqu'au moment intolérable où l'angoisse de ne plus me retrouver en chair et en os, de rester prisonnière dans la glace, déclenchait le vertige. Je tombais alors à la renverse sur le lit, assurée que j'avais transféré à « l'autre » les péchés mortels et que j'avais retrouvé, moi, l'état de grâce. Le cœur mourant, les jambes chancelantes, je retournais à mes jeux du moment, terrifiée. Lorsque je me confesserai de « me perdre dans le miroir », car j'en éprouverai à la longue un sentiment de faute grave, le prêtre ennuyé et ahuri me conseillera de me méfier de mon imagination.

Mon père ne m'a jamais appelée par mon prénom. Il n'a jamais non plus sollicité ma présence auprès de lui. Sauf au cours d'un rituel étrange qui se déroula pour la première fois durant cet été difficile et qu'il répétera à plusieurs reprises durant mon enfance. J'y mettrai un terme quand l'âge m'en donnera le pouvoir. Dans la petite pièce où il s'enfermait durant ses heures de présence à la maison, il bricolait des radios. La bizarrerie de ce qui s'y déroulait nous était confirmée par les cris suivis d'injures que notre père poussait parfois. Ma mère nous expliquait alors qu'il subissait des chocs électriques. Elle précisait même qu'il pouvait recevoir, sans mourir, des charges bien supérieures à celles que supportaient des gens normaux.

Un après-midi, mon père m'appela dans sa pièce. Je me dirigeai vers lui, étonnée mais sans méfiance, avec au cœur cet espoir secret qu'il me parle doucement et m'embrasse. Il étendit son bras vers moi en m'ordonnant de toucher sa main. Ce que je fis. Je reçus instantanément une décharge électrique qui me secoua violemment. Mon père éclata d'un grand rire. Je me précipitai, affolée, vers ma chambre. Je tremblais. Je me roulais sur mon lit en proie à une crise de nerfs. Ma mère, au bord des larmes, tentait de me calmer. Et j'entendais mon père crier du fond de la maison :

« C'est bon pour la santé ! »

J'avais le sentiment, au contraire, que je venais d'échapper à la mort. Et je subirai de nouveau cette électrocution ratée, ne pouvant résister à la demande de mon père d'aller vers lui, dans mon rêve insensé de me retrouver dans ses bras.

Cet homme angoissé se calmait probablement ainsi, et voulait calmer ses enfants. Ses enfants dont chacune des naissances avait provoqué chez lui une maladie grave entraînant l'hospitalisation. Mais, à neuf ans, je ne comprenais qu'une chose : mon père voulait me tuer en simulant un accident. Il désirait m'électrocuter, alors que lui-même ne se blesserait que légèrement. Il serait, ainsi, à l'abri de tout soupçon. Et comme j'étais presque perpétuellement en état de péché mortel, l'enfer serait mon éternité. Donc, mon père incroyant, suppôt de Satan, deviendrait responsable de mon malheur éternel.

La Croisade eucharistique était le mouvement à la mode

dans les écoles. Elle recrutait les fillettes les plus pieuses. Les croisées étaient les petits soldats du Vatican. En cas d'agression contre le pape, nous serions appelées à combattre les ennemis de notre Église, sous la responsabilité des zouaves pontificaux. Nous nous réunissions en équipe une fois par semaine, douze enfants et un apôtre, en rappel de Jésus et ses disciples. L'apôtre était un peu considérée comme l'élue de Dieu.

C'est pourquoi, lorsque sœur Sainte-Madeleine-du-Crucifix me convoqua, le cœur me battit d'une joie mêlée d'inquiétude. Si elle m'offrait de devenir apôtre, c'est qu'elle trouvait en moi des aptitudes pour être religieuse. Or, depuis peu, je songeais à devenir comédienne et ce, en dépit de toutes les réticences que je sentais autour de moi. D'autre part, croyant fermement à la voie que Dieu trace pour chacun, j'étais disposée à en faire le sacrifice si, à travers sœur Madeleine, Jésus m'indiquait Sa volonté. En rentrant dans le local, je vis que Jésus y était présent à travers son représentant, un émissaire de taille : l'aumônier, l'abbé Lamothe, un bellâtre qui, durant le carême, terrorisait les paroissiennes par ses sermons sur le diable. Cet homme, grand et fort, qui grasseyait avec affectation, m'accueillit cérémonieusement, les bras ouverts.

« Voici la petite brebis que le Seigneur distingue de Son troupeau. »

Je m'approchai timidement. Mais le prêtre, semblant oublier ma présence, dit à sœur Madeleine :

« Cette enfant a l'air pur mais elle est bien jeune pour être apôtre, ma sœur.

— C'est une de nos meilleures candidates. Et c'est encore un petit ange, monsieur l'aumônier. »

L'abbé me prit alors le visage entre ses grosses mains velues et le tint levé vers le sien.

« Regarde-moi bien dans les yeux, m'ordonna-t-il en plongeant son regard dans le mien, un regard d'homme qui me heurtait. Les yeux sont le miroir de l'âme. Si tu me caches tes pensées, je peux les lire », ajouta-t-il pour mon supplice.

Ce tutoiement, il était le seul à le pratiquer. Nos maîtresses nous vouvoyaient toutes, sans exception et quelles que fussent les circonstances. Je sortis du local avec le titre d'« apôtre », mais n'en ressentis aucune joie. J'avais plutôt le sentiment d'avoir été violentée moralement par ce terrible abbé, que ma mère et les voisines trouvaient tant à leur goût. Et je ne comprenais pas que la religieuse ait conservé le silence durant cette scène. J'avais cru qu'elle seule décidait du choix des apôtres. Or, je venais de découvrir que cet homme, qui ne me connaissait guère, avait le pouvoir d'orienter mon avenir spirituel. Il me fallait maintenant obéir à sa volonté pour obéir à celle de Dieu.

L'histoire du Canada, au programme à partir de la cinquième année, nous était enseignée à la manière de l'histoire sainte. Jacques Cartier, comprenions-nous, était venu découvrir le Canada en 1534 simplement pour y planter une croix. Samuel de Champlain fondait Québec en 1608 pour y installer un évêque, et le sieur de Maisonneuve en 1642 donnait naissance à Montréal pour permettre au père Viel de célébrer sa première messe sur le Mont-Royal. Le père Viel ne disposait pas de lampe de sanctuaire indiquant la présence de l'hostie consacrée. Il avait donc capturé, avec l'aide des habitants astucieux, des lucioles qui, une fois enfermées dans un bocal, rayonnèrent d'une lumière éblouissante, digne de la foi des pionniers. Tous ces Français courageux, qui avaient subi l'épreuve de la traversée de l'Atlantique, échappé au scorbut, puis s'étaient retrouvés face à l'hostilité des « sauvages », c'étaient nos ancêtres. Nous devions en être fiers. Les Indiens ont tué nos missionnaires comme les Juifs ont tué Jésus, apprenait-on. Et de tous nos héros souvent martyrs de leur foi, deux seulement étaient des laïcs : Dollard des Ormeaux qui, avec ses braves, s'était emparé du Long-Sault, et Madeleine de Verchères, notre courageuse patriote qui avait défendu, avec l'aide des vieillards, des femmes et des enfants, le fort de Verchères attaqué par les Iroquois, alors que les hommes travaillaient aux champs. Le jour où je racontai ces récits à la maison, mon père, révolté par tant de bêtises, se mit à jurer contre l'école, contre les sœurs et contre notre province si arriérée. Dollard des Ormeaux et ses hommes étaient partis de Montréal saouls comme des cochons, affirma-t-il. Rien de surprenant à ce qu'ils aient été cernés par les Indiens. D'ailleurs, ces derniers étaient bien plus intelligents et bien meilleurs combattants que les Blancs. Les vrais « sauvages », c'était ceux-ci. L'école devait nous enseigner l'anglais et l'arithmétique, non ces histoires à dormir debout.

« Les Anglais sont nos maîtres. Allez-vous le comprendre, bande de Culbéquois épais... », conclut-il encore une fois.

J'étais scandalisée. Je ne tolérais pas ce mépris à l'endroit de mon école et pareille démolition de mes héros nationaux. En même temps, je ressentais un trouble réel. A vrai dire, mon instinct m'empêchait de me sentir à l'aise devant la complaisance avec laquelle nos missionnaires envisageaient la mort. Apparemment, ils recherchaient leur fin dernière. Être scalpé représentait un idéal. Du moins, c'est ainsi que je saisissais les choses. J'aurais souhaité être la descendante de héros plus forts, plus virils. Comme ceux que j'admirais dans les films de cow-boys projetés au sous-sol de l'église le samedi après-midi. Ces Blancs-là gagnaient toujours contre les Indiens. Et quand un Blanc était tué, les autres le vengeaient en tuant davantage d'Indiens. « Les Canadiens français sont prêts à se rendre à l'abattoir avant même de savoir où il est situé », disait encore mon père.

Mlle Verville s'avérait une excellente institutrice. Je dus en convenir rapidement. Elle nous enseignait les matières au programme, mais elle se permettait aussi d'en sortir pour nous parler de peinture et d'opéra. A la maison, ma mère m'avait appris des noms de compositeurs et des titres de grands opéras. Mais nous n'en écoutions jamais, car nous ne possédions pas de tourne-disque. Le samedi après-midi la radio diffusait de l'opéra, mais c'était au moment où notre père écoutait, lui, une émission de musique militaire. De pouvoir glisser les noms de Verdi, de Mozart, de Monteverdi, d'affirmer connaître *les Noces de Figaro, Madame Butterfly, la Traviata* créait une complicité entre la maîtresse et moi. Celle-ci nous racontait les livrets d'opéras, expurgés il va sans dire, et je rêvais de vivre dans les vieux pays où ces histoires romantiques se déroulaient. En peinture, je faisais la connaissance de Michel-Ange, de Fra Angelico, de Raphaël. Mais jamais elle n'apporta d'albums de ces peintres à l'école. Nous nous contentions d'écouter leur histoire et, parfois, de découvrir leurs œuvres, reproduites sous forme d'images pieuses dont nous héritions lorsque nous réussissions nos examens hebdomadaires. Ces artistes, bien que s'inspirant de la religion, ne recevaient pas l'*imprimatur* à cause de la nudité de certains de leurs personnages, et Mlle Verville aurait risqué l'expulsion si, d'aventure, elle avait apporté les reproductions de l'ensemble de leurs œuvres. Elle nous confia qu'un pape avait fait recouvrir des statues et des toiles, au Vatican, mais elle se garda bien de nous préciser pourquoi et comment. « Le mal pénètre même chez le pape », me dis-je, et cette idée me préoccupa.

Je devins le chouchou de la maîtresse. Et c'est ainsi que les élèves me désignèrent. La belle Claudette avait à peu près cessé de me harceler. Alice, une grande de trois ans plus âgée, qui louchait, avait la figure pleine de boutons et qui occupait un pupitre au fond de la classe, allait prendre la relève. Et quelle relève ! Elle me détesta avec la force que peut donner, à une adolescente, le sentiment de son infériorité face à une plus jeune. Je savais des choses, je prétendais en savoir davantage, je comprenais rapidement, je parlais avec volubilité et je me classais parmi les premières. Elle était bornée, détestait l'école, jurait comme un charretier, bégayait, et arrivait toujours parmi les « queues », bien qu'elle redoublât sa cinquième année. Elle s'attaqua d'abord à ma taille et à mon teint pâlot :

« Sa mère est trop pauvre pour la faire manger. Elle a l'air d'une échalote. »

Elle disait cela en ricanant devant les élèves qui nous entouraient dans la cour de l'école.

« C'est une vraie lèche-cul. Il ne faut pas lui parler. »

Quelques fillettes, par crainte, lui obéissaient. Les injures les plus vulgaires, elle me les réservait en anglais, la langue de son père. Et c'était terrible ! Elle me traitait d'enfant de pute, de bâtarde, de tous ces mots que m'avaient appris, avec empressement, mes petits voisins, les Smith. Je n'osais répliquer, à la fois pour éviter de prononcer de telles énormités, mais surtout parce que je la craignais. Dans l'enfance, le pouvoir de l'âge s'exerce avec férocité. Cette grande Alice, qu'on ne pouvait regarder dans les deux yeux en même temps et dont la poitrine était déjà formée, ne s'en privait pas. Isolée par la terreur que cette «queue» faisait régner sur mes compagnes, je vécus cet automne-là malheureuse et découragée. Pour éviter de croiser mon bourreau, je n'arrivais à l'école que quelques minutes avant la sonnerie de la cloche et je courais vers la maison, en sortant des cours. Un après-midi de novembre, dans le brouhaha de l'arrivée dans notre local, en passant devant mon pupitre, avec une force multipliée par la haine, elle me flanqua une gifle qui me projeta la tête la première sur le tableau noir. Un murmure envahit la classe et Mlle Verville, saisie d'émotion, nous entraîna toutes deux à l'extérieur. Aveuglée par les larmes, aux côtés d'une Alice frondeuse et jubilante, prête à refaire son geste, je suivis la maîtresse jusqu'au bureau de sœur directrice. Cette dernière exigea des explications. C'est alors qu'à ma stupéfaction et celle de la maîtresse, mon assaillante nous dénonça.

« La maîtresse arrête pas de faire des passe-droits pour elle. On est écœurées. On doit apprendre toutes sortes de "niaiseries" comme l'opéra et la peinture parce que "mademoiselle" pose toujours des questions là-dessus.»

Je n'en croyais pas mes oreilles. D'autant plus que sœur directrice l'encourageait à continuer.

«On est tannées de se faire corriger notre français. De se faire dire qu'y faut parler comme le chouchou. On trouve ça drôle aussi qu'a reste si souvent seule avec la maîtresse après la classe...»

La maîtresse éclata en sanglots. Je recommençai à pleurer, cette fois devant la peine que provoquait chez la maîtresse tant de méchanceté. J'avais cessé tout à coup d'être la victime. Encadrées de sœur assistante, nous retournâmes toutes les deux au local, moi refoulant mes larmes, les cinq doigts de la grande «queue» étampés sur la joue, elle, soulagée d'avoir vidé son sac et triomphante de l'effet produit. Cet après-midi-là, notre titulaire ne revint pas en classe. Je sanglotai plus ou moins jusqu'à la fin des cours et je courus vers la maison, les yeux gonflés. Avant de m'endormir, inquiète du lendemain, je récitai un chapelet entier, à genoux, les bras en croix.

En prenant place à mon pupitre, ce matin d'après la crise, je découvris qu'il ne m'appartenait plus. On m'avait déménagée. Et dans la dernière rangée, le long des fenêtres ! Ainsi je perdais mes privilèges de portière et de commissionnaire. L'institutrice, les yeux baissés, la voix peu assurée, commença son cours par une mise au point.

« Une maîtresse aime toutes ses élèves également. Elle ne doit pas avoir de préférence. Et puisque certaines ont jugé que j'avais témoigné plus d'attention à l'une d'entre vous, je voudrais aujourd'hui vous donner la preuve du contraire. Il est important qu'aucune ne se sente écartée. C'est pourquoi vous avez remarqué en entrant qu'une de vos compagnes occupe un nouveau pupitre. Elle n'est pas en punition. Elle doit simplement comprendre que la justice envers toutes passe par ce geste. Je lui demande d'être raisonnable. »

Quoi ! Raisonnable ! Elle me demandait d'être raisonnable ! De comprendre l'inacceptable ! C'est moi qu'on avait maltraitée ! C'est moi qu'on avait giflée ! Moi qui aimais comme elle les peintres et les musiciens ! Et voilà que cette hypocrite, cette méchante me dénonçait. Voilà qu'elle me blâmait ! Qu'elle m'humiliait devant la classe entière ! Dégoûtée de tant de lâcheté, la tête enfouie sous le bras, couchée sur mon bureau, je broierai du noir jusqu'à la sonnerie de la cloche. Aucune compagne ne me témoignera la moindre sympathie. Et je coulerai à pic dans mon malheur plusieurs jours durant lesquels je tenterai, en vain, de punir la maîtresse en m'asseyant le dos à la chaire, regardant à l'extérieur ou lisant des romans pendant les leçons. Rien n'y fera.

Nos voisins Smith, les Anglo-protestants et les MacFarlane, les Irlando-catholiques, quittèrent le quartier à quelques mois d'intervalle. Ils allaient plus à l'ouest de la ville où ils se retrouvaient entre eux. Je ne les fréquentais à peu près plus, sauf lorsque nous jouions au base-ball. Mais alors, ils étaient nos adversaires. L'école m'enseigna, officiellement, qu'ils nous avaient vaincus, à Québec, sur les Plaines d'Abraham et, dans nos batailles de boules de neige, je me retrouvais maintenant avec mes alliés naturels, les enfants Hurteau. En préparant les boules avant le combat, Pierre, le plus malin de ces voisins, m'avait appris à mettre des morceaux de glace sous la neige pour augmenter la force de frappe des projectiles. Je vivais ainsi mon patriotisme, tout en vengeant mes ancêtres. J'avais cependant quelques remords face à Johnny. Il parlait anglais mais il était catholique comme moi, avait fait sa première communion comme moi, et se préparait, lui aussi, à la communion solennelle. Par contre, il se liguait contre nous. Avec les Smith il nous invectivait, nous traitant de *French pea soup* et de *Frogs*. La seule injure, contre eux, que nous connaissions, c'était *Dirty blokes,* mais elle provoquait, à tout coup, son effet.

Nous fûmes donc soulagés de les voir les uns après les autres partir. Les Smith furent remplacés par d'autres Anglais, un couple sans enfants, et nos Irlandais cédèrent leur logis à une famille étrange, mais catholique, qui débarquait de Pologne. Notre maison devint le rendez-vous des enfants du voisinage, et je percevrai même un droit de péage pour accéder à notre escalier extérieur. Car ces Polonais, sans le savoir, vivaient en résidence surveillée. Tous, nous voulions les entendre parler leur langue, une langue à nos oreilles si étrange que nous ne pouvions nous expliquer comment ils parvenaient à communiquer entre eux. A l'heure des repas, les odeurs de leur cuisine dominaient les nôtres. Cela sentait la soupe surie, l'ail et les épices. Nous nous esclaffions en voyant la mère, plus grosse et plus forte que nos propres pères, laver le trottoir avec un seau rempli d'eau savonneuse. A Montréal, c'était les camions-citernes qui lavaient les rues et les trottoirs. Jamais les gens. Entourée de tant d'enfants qui riaient — qui riaient d'elle, s'en rendait-elle compte? —, la vieille «polok», comme on la désigna rapidement, tentait de nous faire la conversation dans un anglais aussi approximatif qu'incompréhensible. Elle nous imposera le respect quelques semaines après son arrivée, lorsqu'on l'aura vue un vendredi soir projeter, comme une balle, vers l'intérieur de la maison, son mari complètement saoul. Décidément, elle avait du caractère cette Polonaise! Comme ma grand-mère. Mes rires moqueurs se changeaient alors en sourires lorsqu'il m'arrivait de la croiser dans la rue ou sur le perron.

Elle avait pour nous des égards touchants, nous apportant des gâteaux que nous ne connaissions pas, des morceaux de saucisson qui dégageaient une odeur à nous jeter par terre et des petits verres d'un alcool blanc qui brûlait la langue. Avec dédain, ma mère nous faisait jeter cette nourriture différente, comme s'il se fût agi d'un poison mortel. La Polonaise s'approvisionnait dans le bas de la ville, dans des boutiques sales, qu'on regardait du tramway, en route pour les grands magasins, une fois ou deux par an. Jamais nous n'aurions osé mettre les pieds dans ces lieux étranges et étrangers. De toute façon, nous devions encourager l'achat chez nous. On nous le répétait à chaque cérémonie du salut au drapeau. Ma mère ne suivait pas totalement ces directives. Elle disait que les épiciers canadiens français du quartier volaient les gens. Ils vendaient les produits plus cher que chez Steinberg, le supermarché, propriété de Juifs. Comme M. Goldberg, qui nous vendait des vêtements à crédit, M. Steinberg nous traitait bien.

Je me demandais cependant pourquoi les Juifs refusaient d'acheter chez des commerçants de notre race. C'est ce qu'on disait autour de nous. Et pourquoi notre Polonaise, qui selon mes parents détestait les Juifs, s'approvisionnait-elle dans leurs boutiques de la rue Saint-Laurent ? Car les relations avec nos voisins du rez-de-chaussée se détériorèrent au cours d'une soirée où mes parents étaient descendus boire l'alcool qui brûlait la langue. Mon père, toujours prêt à prendre la défense des Juifs, s'était engueulé très fort avec ses hôtes qui, eux, les attaquaient. La bataille avait failli éclater lorsque mon père les traita de nazis, et ma mère dut le sortir en catastrophe de leur maison. En me racontant l'incident, le lendemain, elle se déroba à mes questions. Qu'est-ce que c'étaient que ces nazis ? Qu'avaient-ils fait ? Je sus seulement que cela avait un rapport avec la guerre en Europe, comme d'ailleurs la présence de ces « poloks » parmi nous. A compter de ce jour, je ne saluerai plus ces Polonais qu'avec une froideur polie.

En cette année de la communion solennelle, j'implorai Jésus de me désigner comme porte-parole des élèves pour prononcer l'acte de consécration par lequel nous choisissions librement, contrairement au jour de notre baptême, d'adhérer à l'Église catholique. J'offris à Dieu cette humiliation d'être assise le long des fenêtres, en contrepartie de quoi il devait faire porter son choix sur moi. Je m'astreindrai à des sacrifices occasionnels comme refuser un bonbon ou me priver de jouer avec mes amis afin qu'Il m'accorde cette grâce. Je Le menaçai de réduire ma piété, d'être dissipée et de faire le «mal», s'Il m'abandonnait. Il m'exauça! Avant de m'annoncer la grande nouvelle, la religieuse responsable m'interrogea longuement sur l'amour que je portais à Dieu :

«Combien de fois par jour, priez-vous? Assistez-vous à la messe en semaine? A quelle fréquence? Communiez-vous chaque fois? Vous rendez-vous au confessionnal en dehors des confessions organisées par l'école? Récitez-vous le chapelet en famille? Votre mère est-elle dans la confrérie des Dames de Sainte-Anne? Votre père est-il dans la Ligue du Sacré-Cœur?»

Je répondis avec l'aplomb que commandait mon désir d'être choisie. Donc, je mentis sincèrement. J'attribuai à mon père de telles qualités religieuses qu'on pouvait s'étonner qu'il n'ait pas choisi le sacerdoce. Non seulement j'affirmai qu'il était ligueur du Sacré-Cœur, mais j'ajoutai qu'il participait régulièrement à l'Adoration Nocturne, pratique qui ne s'adressait qu'aux hommes. En effet, il fallait se rendre en pleine nuit à l'église, expédition dangereuse pour les femmes, afin de veiller devant le Saint-Sacrement exposé dans l'ostensoir durant quarante heures d'affilée. Ce roulement d'adorateurs évitait que le Christ ne se retrouvât seul dans Son temple. Les paroissiens, qui se dévouaient ainsi, témoignaient de leur supériorité spirituelle. Je convainquis facilement la religieuse que mon père était un de ces cœurs vaillants.

La sœur m'interrogea également sur les garçons:

« Sont-ils vos amis ? Jouez-vous souvent avec eux ? A quels jeux ? Que pensez-vous des petites filles qui s'excitent en leur présence ? Fréquentez-vous un garçon plus assidûment que les autres ? »

Sœur Madeleine me prévint que mes réponses étaient très importantes :

« Si mon choix se porte sur vous, vous répéterez plusieurs fois cette cérémonie en compagnie d'un garçon qui, lui, doit mettre la main sur l'évangile pendant que vous réciterez le texte sacré. Je dois donc m'assurer que votre piété et votre recueillement vous interdiront de prendre plaisir à la présence de ce garçon à vos côtés. Chère enfant, ce n'est pas un corps qui marchera à côté de vous dans l'allée vers le sanctuaire, c'est une âme ! »

Je sortis de cette longue rencontre épuisée mais heureuse. J'avais également promis d'assister à la messe tous les jours jusqu'au mois de mai, de réciter un rosaire, donc trois chapelets, quotidiennement pour être digne de la responsabilité qui m'échouait. J'avais promis aussi d'être davantage vigilante en entraînant avec moi les croisées de mon équipe à fréquenter l'église et ses sacrements. De plus, je devais faire preuve d'humilité en évitant d'annoncer la nouvelle à gauche et à droite. Le lendemain, dans la cour de récréation, je me dirigeai vers la plus bavarde des élèves, Cécile au bec-de-lièvre, et lui confiai mon « grand secret ». L'après-midi même, la nouvelle courait dans toute l'école. Mon humilité était sauve et mon bonheur intense.

Le garçonnet désigné par le frère directeur pour mettre la

main sur l'évangile, pendant que la grande église paroissiale retentirait de ma voix claire, était fils d'enseignant. Timide, sérieux, studieux, il me fut présenté au cours d'une rencontre réunissant l'aumônier, le frère responsable de la Croisade eucharistique et sœur Madeleine. Nous, les élus, n'osions lever les yeux l'un sur l'autre. Cela eût été indécent. Nous écoutions les conseils bienveillants de ces adultes qui nous mettaient en garde contre les tentations d'orgueil — péché capital —, celles d'impureté — péché le plus fréquent — et de paresse, péché des faibles restant au lit le matin au lieu d'assister à la messe. Sur un ton grave, l'aumônier nous expliqua que nous étions des élites, au-dessus du commun des mortels. Et le frère ajouta pour son jeune élève :

« Quand on est le fils d'un instituteur, on n'est pas comme tout le monde. »

Malheureusement, la sœur ne put faire référence à mon père, un inconnu, socialement inexistant. A nouveau, je sentis que j'étais là en dépit de mon milieu.

Dans les mois qui précédèrent la cérémonie, j'augmentai mon rendement scolaire, je me privai de friandises et me fis quelque peu souffrir en mettant parfois des petits cailloux dans mes souliers. Sœur Madeleine, lors d'une réunion des apôtres, nous avait décrit les mortifications de la chair que s'imposaient certaines saintes célèbres : par exemple, se flageller avec des cordes de chanvre, mettre une plaque de métal sous le vêtement pour se blesser légèrement aux hanches, ou bourrer le fond de ses chaussures de minuscules épines de rose. J'optai pour le gravier que je cachai sous mes fausses semelles. Mais j'abandonnai rapidement cette pratique. Je ne pouvais marcher sans boiter, donc sans me faire remarquer et surtout j'avais le sentiment d'exagérer.

Les apparences cependant étaient sauves : je souffrais pour mériter d'occuper la place qu'on me désignait.

Enfin arrive le grand jour ! Les filles toutes de blanc vêtues, comme à la première communion, les garçons, en veste marine et pantalons longs, nous communions le cœur plus pur parce que lavés de plus de péchés que la première fois. Avec mon acolyte, je marche dans l'allée centrale jusqu'au chœur. Le cierge béni dans une main, le texte de l'acte de consécration dans l'autre, je m'agenouille avec lui devant le livre saint déposé sur un lutrin. Je commence d'une voix émue mais forte la récitation de cet acte par lequel nous consacrons nos âmes à la Sainte Vierge, tout en renouvelant les promesses de notre baptême. Soudain, je m'aperçois que le fils de l'instituteur n'a pas mis la main sur l'évangile, la seule chose qu'il ait à faire. Je ne peux pas m'arrêter de parler en plein milieu de l'acte de consécration, je ne vais pas non plus lui faire un geste de la main gauche car je risque de mettre le feu à ma robe. Je termine donc la prière, convaincue que nous avons raté la cérémonie.

L'incident passa inaperçu. Nous fûmes seuls à nous questionner sur la validité de cette profession de foi. Cette inquiétude partagée nous rapprocha. Nous devînmes complices, puis amoureux. D'une timidité excessive, mon cavalier envoyait son émissaire à la maison pour fixer nos rendez-vous. Nous nous retrouvions au parc Jarry, à quelques rues de chez nous, et nous organisions des combats de boxe. Nous avions trouvé cette justification pour toucher nos corps. Mince, pâlotte, garçon manqué, je fonçais sur lui avec ardeur. Mais je reçus un jour un coup de poing à la figure qui me mit knock-out. Mon amoureux catastrophé et son émissaire me transportèrent, le nez en sang, à l'infirmerie du parc.

Pour se faire pardonner, il m'acheta du chocolat, du chewing-gum et m'offrit la location d'une bicyclette durant deux heures. Ayant mis fin à nos combats, nous devions oser nous prendre la main. Il était timide, j'étais une fille. Je ne pouvais prendre l'initiative. Ce fut long... Cet été-là, nous avons marché côte à côte dans toutes les rues du quartier, des heures durant, nos mains ballantes le long du corps dans l'espoir qu'elles se rejoignent. C'était devenu pour moi une obsession. Je m'endormais en rêvant de ce moment. Je me réveillais la nuit pour y penser. Et, chaque matin, j'espérais que le grand jour était arrivé. Je décidai enfin de passer à l'acte. Un après-midi où, pour la centième fois, nous remontions la rue Saint-Denis, je perdis pied. Dans un mouvement calculé, ma main agrippa la sienne. Elle y resta le reste des vacances... Jamais il n'y eut d'autres gestes. Jamais un seul mot ne fut prononcé. Toute notre émotion se trouvait concentrée dans cette pression de nos deux mains. Je traversai ainsi un premier été complet en état permanent d'immoralité. Je croyais sincèrement que je commettais un péché chaque fois que m'habitait ce trouble exquis provoqué par la présence à mes côtés de celui qui avait peut-être invalidé notre communion solennelle.

Grâce à mon amoureux, je lus les romans du père Hublet, qui me sensibiliseront pour la vie aux réalités de la guerre. Ils me feront découvrir, à ma grande stupéfaction, l'affreuse histoire de la collaboration. Comment les Français, nos cousins, et les descendants de nos ancêtres, avaient-ils pu agir de façon aussi blâmable, se vendant aux Allemands et dénonçant leurs semblables ? Heureusement qu'il y avait ces scouts héroïques que décrivait l'auteur. Je m'identifiais totalement à eux. Ils faisaient sauter des trains, risquaient leur vie en faisant passer des messages de la zone libre à la zone occupée et sauvaient des soldats anglais en les cachant dans des fermes. Car les Anglais, nos conquérants et nos maîtres, n'étaient pas des traîtres. Ils se battaient avec nous contre l'ennemi commun. J'avais de la difficulté à accepter cette vérité brutale qui m'obligeait à admirer le peuple responsable de notre défaite. Mais fallait-il se surprendre du comportement des Français, eux qui avaient chassé les prêtres, tué leur roi et même leur reine...

Ma grande consolation venait de la Résistance. Ces adolescents des romans, non seulement sauvaient l'honneur de la France, mais celle de la foi puisqu'ils étaient tous catholiques pratiquants. Avec mon petit ami, qui était devenu mon bibliothécaire, je discutais des heures durant de la responsabilité des Français. Il questionnait son père et me faisait part de ses remarques. Contrairement à ce que nous en avions conclu, les résistants n'étaient pas tous catholiques. Il y avait même parmi eux des communistes, ce que ne mentionnait pas le père Hublet. Plusieurs catholiques avaient collaboré avec les Allemands et certains avaient même dénoncé des Juifs. Car les Allemands nazis voulaient tuer tous les Juifs de la terre. Durant la guerre, Hitler en avait fait brûler des millions dans des camps de concentration. Je connaissais l'existence de camps de concentration en Chine et en Russie, et voilà que le père de mon amoureux, un maître d'école, donc un homme qui savait, affirmait, lui, qu'ils avaient existé en Allemagne et qu'on y avait brûlé là un nombre de Juifs supérieur à la population entière de la province de Québec. Je n'y croyais pas! Ni à l'église, ni à l'école, ni dans ma famille, on n'avait parlé de cette histoire horrible. Seul, mon père avait mentionné que les Polonais, nos voisins, haïssaient les Juifs. M. Goldberg, qui nous visitait chaque mois, n'en avait rien dit, non plus. Il me semblait que si on avait tué des millions de ses compatriotes, il en aurait parlé, il aurait eu l'air triste. Or, quand il venait chez nous, il était toujours de bonne humeur. Je me rappelai alors que mon parrain interdisait à sa femme, la sœur de ma mère, de parler yiddish. Je n'avais jamais compris pourquoi. J'avais seulement remarqué qu'il se fâchait chaque fois que, pour nous faire rire, elle s'adressait à nous dans cette langue. Sans doute, mon oncle avait-il peur que des Allemands ne l'entendent — il y en avait à Montréal — et, la prenant pour une Juive, lui fassent du mal ? Ces révélations représentaient pour moi une énigme insoluble. Durant quelques années, en descendant au centre-ville par le tramway de la rue Saint-Laurent qui traversait le quartier juif, je scruterai les visages de ces « messieurs à couettes », ou portant la calotte, pour tenter d'y lire l'horreur de ce qui était apparemment arrivé à leur race.

Ces révélations confirmaient mon besoin de connaître toutes ces choses que j'ignorais et qui pouvaient changer ma perception des gens. Mais le risque, les prêtres nous le répétaient dans leurs sermons, c'était de s'encombrer l'esprit de connaissances qui mettaient en danger notre foi. Il y avait de bonnes connaissances, celles qui aidaient à approfondir notre amour pour Dieu et notre attachement à l'Église, et de mauvaises, celles qui jetaient le doute dans l'âme et nous entraînaient sur la pente raide de l'incroyance. Mais ces abbés ne délimitaient point les frontières entre les unes et les autres. Ce que j'avais appris sur la guerre, les Français, les Anglais, les Allemands et les Juifs, qui pouvait me dire si c'était de bonnes ou de mauvaises connaissances ?

6

La sixième année de classe fut certainement la plus belle de mon enfance. Je la vivrai, non pas heureuse, mais constamment ballottée entre des bonheurs fulgurants et des tristesses profondes. Je fus de nouveau classée dans la section A. La nouvelle titulaire, sœur Sainte-Albanie, était belle comme une statue de la Vierge, plus douce que l'eau de Pâques que je recueillais, avec ma grand-mère, le dimanche de la Résurrection, et plus pieuse que toutes les religieuses de l'école. Les joues trop roses, les yeux trop bleus, la rumeur la prétendait atteinte d'une maladie mortelle mais lente. Dans sa classe, même les «queues» apprenaient. «Elle a le tour avec les élèves!» disait-on.

Je m'identifiais totalement à cette maîtresse. Je l'aimais aveuglément et j'apprendrai davantage dans sa classe que dans tout le reste de mon cours primaire. Cette année-là fut une révélation. Nous découvrions un enseignement intelligent du catéchisme. Sœur Sainte-Albanie ne parlait que d'amour, jamais de péché. Sauf pour nous préciser que le péché était absence d'amour. Elle nous rendait fières de notre français en nous expliquant, des heures durant, les beautés difficiles de la grammaire. Elle passait outre au programme et nous donnait des dictées de septième, voire de huitième année. Les périodes d'histoire du Canada étaient consacrées à la vie de femmes vaillantes : Jeanne Mance, Marguerite Bourgeois, Marie de l'Incarnation et tant d'autres, sans qui le Canada ne se serait pas développé. Elle nous vantait le rôle des maîtresses d'école dans les campagnes, qui instruisaient les enfants souvent contre la volonté de leurs pères. Elle accordait à l'instruction un rôle fondamental dans le développement du Canada français, et nous sentions parfois poindre des critiques contre le gouvernement de la province. Jamais elle ne parlait contre le Premier ministre mais elle affirmait, comme un leitmotiv, que c'était un grand malheur pour une « race » petite comme la nôtre de ne pas avoir plus d'élites désireuses de s'instruire. A la rentrée, nous avions eu l'heureuse surprise de trouver un dictionnaire parmi nos manuels. Avec sœur Sainte-Albanie, nous en lisions des pages, découvrant tous ces mots inconnus qui nous appartenaient autant qu'aux Français. Bien sûr, je savais que ce dictionnaire avait été expurgé des mots douteux. Mais devant ces milliers de mots moralement corrects et que je ne connaissais pas encore, cette censure de quelques centaines d'autres ne me dérangeait guère.

Je l'adorais au point de douter qu'elle fût complètement humaine. Les biographies de saints que je lisais avec avidité m'inclinaient à croire que ma maîtresse pouvait bien être l'incarnation de Dieu fait femme. J'étais quasi sûre qu'elle se nourrissait simplement pour masquer son origine réelle, qui était céleste. Je m'efforcerai donc de ne jamais lui déplaire et j'abandonnai, pour elle, mon amoureux de l'été. Je lui fis savoir que je déclinais, à l'avenir, ses invitations au cinéma de la salle paroissiale. Je me privai moi-même de ces films, convaincue que la voie vers la sainteté excluait les divertissements profanes. Je modelais ma vie sur celle des saints de mes lectures. Or, ces saints recevaient tous, à un moment crucial de leur vie, un signe divin. J'attendrai le mien.

Lors d'une leçon de catéchisme, notre chère sœur m'avait donné un indice.

« Vous arrive-t-il, mes filles, d'être envahies par une bouffée de joie soudaine, sans raison apparente, une sorte de trop-plein qui déborde de votre cœur ? »

Cela se produisait effectivement soit en pensant à ma mère ou à ma tante adorée ou après une visite au restaurant chinois. Cette sensation, nous assura la religieuse, c'est la présence du Christ en vous. C'est l'état de grâce !

Je me reconnaissais parfaitement dans cette description. Ainsi donc, j'avais l'assurance de n'être pas constamment en état de péché mortel. Mon âme atteignait la pureté. C'était le miracle attendu...

Donc, j'ai la vocation religieuse mais je n'ose en parler à quiconque avant d'avoir connu mon expérience mystique. Dans les ouvrages, les auteurs étaient formels : toute vocation portait le sceau de cette expérience, qui se déroulait en général dans une église ou une chapelle. Je me rends donc durant plusieurs semaines, après la classe, dans l'immense église paroissiale fréquentée uniquement à cette heure-là par des petites vieilles pieuses et des élèves dissipés qui viennent y faire le chemin de croix en pouffant de rire. Je m'installe toujours sur le même banc de l'allée latérale gauche, à l'avant. Je fixe des yeux le crucifix qui domine l'autel. Avec intensité, espérance et soumission, j'attends que la croix brille de mille feux comme le soleil de midi. Ou que le Christ relève la tête et me regarde dans les yeux. Ou qu'une voix se fasse entendre... Le corps raide, les mains jointes, je n'ose bouger de peur de Le distraire. Je contrôle mes paupières, craignant qu'Il ne se manifeste à l'instant même où je les aurai fermées. Les yeux me brûlent, jusqu'aux larmes. J'abandonne lorsque mes jambes s'ankylosent. Je Lui promets alors de revenir le lendemain. Sainte Thérèse d'Avila croyait que son attente était une épreuve d'amour. Je suis d'accord avec elle.

Je passerai donc une partie de mes heures de loisir dans l'expectative spirituelle. Mais je n'abandonnerai pas, pour autant, mes cours de diction dans un conservatoire coté. J'y retrouvais des enfants d'un autre milieu que le mien et, en grandissant, je me sentais de plus en plus mal à l'aise. Les petites filles fréquentaient, pour la plupart, des couvents huppés et habitaient des quartiers chics, comme Outremont, haut lieu de la bourgeoisie canadienne française. Leurs parents, vêtus avec élégance et l'air hautain, venaient les chercher dans des automobiles luxueuses. A plusieurs reprises, certains s'offriront de me raccompagner chez moi. Je ne précisais jamais l'endroit exact où j'habitais, car je ne voulais pas que ces riches voient ma rue où les maisons étaient petites, coquettes, mais simples. Dans le quartier, on trouvait quelques demeures cossues, habitées par des médecins ou des notaires.

« Me voilà rendue », disais-je en descendant de voiture. J'indiquais vaguement de la main les quelques maisons dignes de leur classe. De plus, je craignais qu'en venant dans ma rue, ils n'aperçoivent mon père. Celui-ci, par souci d'économie mais surtout par besoin de provocation, se mettait sur le dos tous les vieux vêtements de mes oncles, plus gros ou plus petits que lui. Il flottait dans des pantalons trop courts, portait des casquettes de joueurs de base-ball en hiver, et se promenait les mains nues. L'été, il se fabriquait des shorts, en coupant au ciseau des pantalons de toile blanche, son uniforme de travail et, pour éviter de s'acheter des bretelles, retenait ses shorts par des ficelles. Il se chaussait d'espadrilles, dont la semelle de corde avait été remplacée par du carton brun qu'il agrafait après l'empeigne. J'avais honte de mon père ainsi attifé et j'avais toujours peur que quelqu'un d'autre que nos voisins ne l'aperçoive. Ce qui me troublait, c'était que son allure n'était pas vraiment celle d'un pauvre mais plutôt celle d'un fou. Pour cette raison, et aussi parce qu'il pouvait sacrer, je n'oserai jamais, de toute mon enfance, inviter une petite amie à la maison. J'en souffrais, mais le risque d'un scandale était trop grand. Si mon père se mettait en colère, il pouvait descendre tous les saints du ciel. De quoi aurions-nous l'air devant une étrangère...?

Le conservatoire ne cadrait pas beaucoup avec mes aspirations mystiques. Je trouvais ces petites filles bien légères. Elles rayonnaient d'un plaisir de vivre que je leur enviais de toutes mes forces. Je ne me sentais plus capable de me battre au sein d'un monde trop élevé socialement et je demandai à ma mère de me retirer des cours.

A l'école, souvent des élèves chuchotaient entre elles. Dès que je m'approchais, elles se taisaient avec des sourires entendus.

« Pourquoi ? demandai-je un jour à une compagne.

— Tu es trop bébé pour comprendre nos conversations », répondit-elle.

Cette étiquette de « bébé », on me l'accola à la suite d'un incident à l'origine duquel j'avais été.

Durant une de ces passionnantes leçons de français, nous

étions à la recherche de mots commençant ou se terminant en «ex». Fière de ma trouvaille, je lançai, sans en savoir le sens, le mot «kotex». Un silence gêné s'abattit sur la classe. La maîtresse bien-aimée rougit jusqu'à sa coiffe et me jeta un regard stupéfait. «Venez», me dit-elle en m'indiquant la porte du corridor. Je marchai vers la sortie en tremblant. Je sentais bien que j'avais dû commettre une faute grave, mais je ne savais pas laquelle.

«Vous devriez avoir honte, ma petite fille, murmura la religieuse, jamais je n'aurais cru ça de vous.»

Je fondis en larmes et lui demandai pardon.

«Je vous jure, ma sœur, réussis-je à articuler, je ne sais pas ce que ce mot-là veut dire.»

Elle prit ma tête entre ses mains et la leva vers elle. Je vis son regard bleu s'adoucir. Puis elle se pencha sur moi, me serrant contre son sein.

«Cher petit ange! Cher petit ange!» répéta-t-elle à mon oreille.

Je n'en espérais pas tant. Je m'empressai de remercier Jésus qui m'avait permis d'être dans les bras de ma sœur adorée.

De retour à la maison, je demandai à ma mère la signification du mot mystère. Elle répondit vaguement qu'il s'agissait d'un objet de femme. Lequel? Elle n'apporta aucune précision. Dès lors, quelle ne fut pas ma stupéfaction, quelques jours plus tard, de voir une grosse boîte bleue, marquée «kotex», sur le dessus du panier de la bicyclette du livreur de la pharmacie! Je le suivis jusqu'à la porte de la maison d'un couple de sourds-muets qui n'avaient pas d'enfants mais qui possédaient un petit chien roux de Poméranie, qu'ils chérissaient plus qu'un bébé. Cette boîte, c'était donc pour la dame!

Quelques mois après cet événement, ma mère me dit un jour sur un ton étrange qui m'inquiète tout de suite :

« Je veux te parler. Viens. »

Avec l'intuition d'un danger qui me guette, je tente d'éviter la conversation :

« Je m'en vais jouer dehors. Je n'ai pas le temps. »

Elle insiste, me prend le bras et m'assoit à ses côtés.

« Ne crie pas, ne pleure pas. C'est pas grave, mais tu vas saigner ! Ça va sortir par ton "bisourlou" ! »

Je n'attends pas la fin de sa phrase pour me mettre à crier en me bouchant les oreilles de mes mains. SANG ! J'ai entendu le mot SANG !

« Je ne veux pas, tais-toi... tais-toi...

— C'est pas dangereux, crie-t-elle en tentant de me retirer les mains des oreilles, tu vas saigner mais toutes les femmes saignent.

— Non, non. Je ne veux pas saigner. Je ne veux pas mourir. »

Je tremble de tout mon corps. Je me roule sur le canapé, aux prises avec une frayeur nouvelle, inconnue. Et ma mère, dont je sens monter la panique, essaie de me maîtriser physiquement. Je bataille des pieds et des mains. Elle prononce des mots horribles : Sang qui coule ! Femmes qui saignent ! Saignement normal ! Enfin elle m'immobilise. Croyant me rassurer elle ajoute :

« Moi, je ne saigne pas. J'ai été opérée... »

Ainsi ma mère échappe à cette calamité, alors que, moi, j'en serai victime. J'ai mal... C'en est trop... Jamais je ne vivrai cela. Jamais je ne serai comme les autres femmes. Je me ferai opérer. Comme ma mère. J'entrerai à l'hôpital, cet hôpital si menaçant de ma naissance, et je me soumettrai à l'anesthésie, à l'intervention chirurgicale. On extirpera de mon ventre cette «chose» qui fait saigner.

J'étouffe! Je sors de la maison sans savoir où je vais. Je marche longtemps dans les rues du voisinage. Ces rues où j'ai déambulé, euphorique, main dans la main, avec mon amoureux. Aujourd'hui, je me vois le sang coulant le long des cuisses. Je m'imagine, incapable de marcher, les pieds dans des flaques rouges et chaudes qui se figent en croûtes. Les femmes et les fillettes que je croise sur mon chemin me font pitié maintenant que je sais. Et je ne comprends pas qu'elles ne semblent pas accablées par cet affreux secret. Je pense à toutes les femmes et toutes les petites filles que je connais personnellement. Une après l'autre, je les passe en revue. Ma tante saigne! Mlle Verville saigne! Telle sœur saigne! Telle sainte a saigné! Et la Sainte Vierge, elle? Et ma chère sœur Albanie? Non, il doit y avoir des exceptions prévues par Dieu. Je récite le «Je vous salue, Marie» en demandant à la Vierge d'intercéder pour moi auprès de son Fils afin qu'il m'exclue de cette obligation. Ainsi j'éviterai la table d'opération... Peu à peu, la révolte se substitue à l'angoisse. Cette nouvelle plaie d'Égypte épargne donc les hommes et les garçons. Pourquoi? Est-ce pour nous une autre façon de payer le péché d'Ève au paradis terrestre?... Sans doute... Mais quelle terrible injustice!

Cette marche solitaire sera certainement le moment le plus décourageant de ma vie de petite fille. Et si j'avais appris que ces règles avaient un rapport avec la maternité, peut-être aurais-je réagi différemmment en me disant que c'était la condition pour avoir un enfant. Mais je n'en suis pas sûre. Depuis toujours, ma mère m'avait parlé de ma naissance et de la naissance de ma sœur et de mon frère comme d'autant de scènes d'épouvante. Elle avait failli mourir chaque fois, et nous aussi. Mon frère avait eu la tête couverte de bosses remplies de pus que le docteur incisait avec un petit couteau.

« Parfois, le docteur était tout éclaboussé par le pus qui sortait avec la force d'un jet », racontait ma mère.

Ma sœur, elle, ne voulait pas sortir ! Dix mois, elle l'avait portée ! Dix mois au bout desquels le médecin entra le bras dans son ventre pour aller chercher le bébé.

« Il m'a complètement déchiré le dedans. Après cela, je ne pouvais plus avoir d'enfant. »

J'oubliai cette leçon d'éducation sexuelle et, défiant les statistiques des gynécologues, mes règles n'apparaîtront qu'à dix-sept ans. Je me réfugierai dans mon expérience mystique et, dans la cour de récréation, j'éviterai durant plusieurs mois de tendre l'oreille aux conversations chuchotées des élèves dévergondées. A onze ans, j'avais reçu ma quote-part d'initiation à la vie. Je ne désirais plus en apprendre davantage.

Nous n'avons jamais possédé de voiture. Mon père s'était baladé durant sa longue vie de célibataire dans de luxueuses autos remplies de belles filles ; ses albums de photos en témoignaient. Une fois marié, il délaissa les joujoux de ses folles années. Nous éprouvions donc une excitation particulière à monter en voiture. Mon parrain conduisait une vieille Ford, dans laquelle nous nous rendions à la plage, au bord des lacs des environs de Montréal. Plus jeune, j'adorais ces expéditions, car je ne me rendais pas compte de ce qui s'y passait réellement. A partir de huit ou neuf ans, je vivrai ces pique-niques du dimanche comme un cauchemar. A cause du rôle important qu'y jouait l'alcool. J'avais honte du comportement des adultes. J'étais scandalisée de les voir se déshabiller dans l'automobile sans prendre les précautions nécessaires pour empêcher les autres baigneurs de voir leurs corps à moitié nus. J'étais nerveuse en voyant ma tante se rendre au restaurant de la plage pour acheter des cigarettes. Elle savait fort bien qu'elle paierait le paquet plus cher qu'à la ville. Elle en demandait un, attendait que le vendeur lui dise le prix, le faisait répéter, une fois, deux fois, puis, prenant les clients à témoin, le traitait de voleur en lui ricanant bien fort à la figure. Il la traitait de folle, menaçait de l'exclure de la plage, et elle lui tenait tête jusqu'à ce qu'un attroupement important se produise. Son mari, ou mon père, attiré par les cris, venait la raisonner pour la ramener à notre table de pique-nique. A chaque visite, elle recommençait le même manège, y prenant un plaisir évident dont je ne comprenais pas le sens. Frondeuse, très intelligente, provocatrice, elle aimait prouver sa force de caractère et impressionner les hommes. Et tous les moyens semblaient bons à ses yeux.

« Faut être effrontée, autrement on fait rire de nous autres », me disait-elle. Je croyais exactement le contraire.

Il nous arrivait également d'aller nous promener dans les quartiers riches. Circuler dans ces rues bravait à mes yeux une sorte d'interdiction. Tant il me semblait ne pas avoir le droit d'y être. Nous traversions d'abord Ville Mont-Royal, où habitait la nouvelle bourgeoisie anglaise, celle des parvenus, avec ses immenses bungalows à colonnades comme celles de la Maison-Blanche et ses *splits-levels* aux portiques en marbre de Carrare. A travers les fenêtres panoramiques sans rideaux, comme autant de vitrines de grands magasins, nous pouvions apercevoir l'ameublement luxueux : des fauteuils de velours grenat, des lampes torchères aussi imposantes que des lampadaires de rues, des plafonniers en cristal de roche bleus, roses ou verts et, sur les murs, d'immenses paysages de mer déchaînée éclairés par une petite lumière accrochée au-dessus du cadre. Et, attenant aux maisons, des garages doubles. Nous roulions doucement afin de mieux voir à l'intérieur. Parfois, nous avions la chance d'apercevoir les propriétaires, l'air sûr d'eux-mêmes, en train de laver leur auto ou d'arroser leur pelouse. Ils levaient la tête vers nous, sans sourire, et je me détournais, de crainte de rencontrer leur regard. «Ils sont riches mais ils ont l'air bête», lançait ma tante en guise de commentaire. C'était des patrons de petites usines, des cadres supérieurs d'entreprises privées et des professions libérales de fraîche date. Et, avant tout, des Anglais.

Nous arrivions ensuite, au pied du Mont-Royal, à Outremont chez les Canadiens français riches: des avocats, des docteurs, des gros commerçants. Les maisons de brique ou de pierre, moins voyantes, m'apparaissaient, du coup, moins huppées. A flanc de montagne, le long de la côte Sainte-Catherine, quelques résidences, grandes comme des couvents, appartenaient à des particuliers. Ma tante affirmait toujours connaître des gens dans ces endroits de rêve.

«Regardez la grosse cabane à quatre étages. C'est la cousine du neveu de Mme Bélair qui habite là. Elle a décroché le gros lot. Elle a épousé un avocat laid comme un pou, mais avec le portefeuille à la bonne place!»

Dans l'auto, les adultes s'esclaffaient.

«Comment est-ce qu'elle a fait son coup? demandait mon père.

— Qu'est-ce que t'en penses? Avec ce que tu sais...», ajoutait ma tante avec un clin d'œil.

Et tout le monde de rire plus fort...

Ainsi, il y avait une façon de devenir riche qui était en rapport avec le péché d'impureté. Je le sentais au ton de mes parents. Certains habitants étaient donc par effraction dans ce quartier francophone. Par entorse à la morale. J'en étais choquée.

Il existait donc des gens de notre «race», aussi riches que les Anglais. Les sœurs nous avaient appris que des patrons canadiens français possédaient des usines. Ces derniers, plus vertueux que les Anglais, assuraient-elles, traitaient mieux leurs employés. Ils étaient paternels, compréhensifs, permettant, par exemple, aux ouvriers d'arriver avec une demi-heure de retard le premier vendredi du mois afin de leur donner le temps d'assister à la messe. Nous, les Canadiens français, ne pouvions être que de bons et édifiants riches. Ma tante, elle, venait brouiller les cartes.

Tout en admirant les demeures de ces possédants, je ne les enviais guère. Surtout pas leurs enfants! Comment pouvaient-ils être heureux, eux, qui n'avaient rien à désirer? Ils risquaient de passer à côté de la vie, parce qu'ils possédaient tous les biens matériels. Je remerciais le ciel de n'en pas avoir! En circulant dans ces rues étrangères, où je ne reconnaissais pas ma ville, j'étais partagée. Dans ce quartier, j'avais sous les yeux la preuve qu'il m'était possible d'être «autre» puisque tous ces gens parlaient français comme moi et, en même temps, étaient argentés. Mais, contrairement à ce qu'enseignait l'école, nos riches pouvaient être suspectés d'immoralité comme la cousine du neveu de Mme Bélair. De toute façon, Outremont me semblait moins normal que Ville Mont-Royal ou Westmount, sur l'autre versant du Mont-Royal, ce haut lieu de la richesse mondiale où nous nous rendions par la suite.

Cette cité au cœur de Montréal m'apparaissait aussi irréelle qu'Hollywood, dont ma mère parlait souvent. Ces énormes manoirs de pierre, accrochés à la montagne et qui dominaient la ville, je doutais qu'ils fussent habités par du « vrai monde ». Ces propriétaires possédaient aussi les forêts, les mines et les lacs.

« Duplessis, le Premier ministre, leur donne toute la province et vous, les "Culbéquois", vous continuez de l'élire, lançait mon père à l'intention de ma mère et de ma tante.

— Tu sais bien que, nous autres, on vote pour le parti libéral, précisait ma tante. C'est les arriérés de la campagne qui votent pour lui.

— Continuez de parler "culbéquois". Continuez d'apprendre du catéchisme. Les Anglais sont bien contents. Vous faites leur jeu », concluait mon père.

Puis, nous descendions le Mont-Royal au pied duquel, après avoir traversé une voie ferrée, nous nous retrouvions dans un des quartiers les plus pauvres de Montréal.

« Ici, vous êtes chez vous. C'est ça les Canadiens français ! Regardez-les sur les balcons comme ils ont l'air heureux : la croix dans le cou, puis la douzaine d'enfants dans la maison ! »

Ces randonnées n'auraient pu exister sans l'alcool. Nous, les enfants, devions donc attendre enfermés dans l'auto, à la porte des bars. Les adultes allaient chercher, dans ces salles sombres et enfumées d'où les voix s'élevaient puissantes et menaçantes, cette boisson forte qui leur déliait la langue et leur donnait le courage de parler crûment, d'exprimer leur découragement d'appartenir à ce peuple maudit. Plus il y avait d'arrêts, au cours de cette excursion, plus leurs critiques étaient acerbes, plus ils nous noircissaient et plus j'avais peur. D'eux et de ce que j'étais.

Les jours où les adultes faisaient la fête plutôt que de nous balader en auto, il nous arrivait de parcourir le monde à travers les albums de photos de mon père. En tant qu'officier à bord de bateaux anglais, il avait visité de nombreux pays, sur tous les continents. Cela lui avait valu la réputation, dans la famille maternelle, d'être communiste. Sans doute parce qu'il avait séjourné en Russie, durant les grandes purges staliniennes. Grâce à son passeport canadien, il avait été autorisé à débarquer, alors que le reste de l'équipage n'en avait pas eu la permission. Il nous racontait s'être enroulé le corps de bas de soie, qu'il offrait à des Russes. Les hommes riaient de façon égrillarde de cette histoire alors que les femmes, ma mère incluse, émettaient des protestations, mais pour la forme seulement. Parfois mon père faisait l'éloge des Russes et de leur système sans religion. Cela me scandalisait. D'autant plus que les adultes présents écoutaient sans mot dire ces propos sacrilèges. Il décrivait aussi les Africaines aux seins nus qu'il avait côtoyées et qui, disait-il, se laissaient approcher plus facilement que les saintes nitouches de chez nous. Enfin, il ne tarissait pas d'éloges sur les Grecques. On le voyait, d'ailleurs, devant l'Acropole, le bras autour de la taille d'une grande Hellène dont, curieusement, il avait effacé la figure.

Ce tour du monde féminin me posait un problème de morale, mais il fallait passer par la description de ces conquêtes pour avoir droit, ensuite, au récit des bombardements en Espagne. On disait dans la famille que mon père avait livré des armes à Franco, fort apprécié au Québec. Jamais il ne l'a nié. Ce n'est que beaucoup plus tard que j'établirai un lien entre les voyages à Odessa et les livraisons d'armes en Espagne ; que je comprendrai qu'il aimait non pas les fascistes mais les républicains. Au cours de ses récits des horreurs de la guerre civile, je cherchais des raisons de l'admirer. Ne risquait-il pas sa vie sous les bombes à Barcelone ? Je déchanterai vite lorsque je l'entendrai un jour affirmer à la cantonade qu'heureusement il était toujours saoul, sans quoi il serait mort de peur...

Mes parents ne sortaient jamais en couple. Ni pour aller au restaurant, ni pour aller au cinéma, ni pour rendre visite à des amis. D'ailleurs, ils n'avaient pas d'amis communs. Ma mère avait gardé quelques amitiés de jeunesse, mais se privait de les recevoir, compte tenu du comportement imprévisible de mon père. Elle évitait aussi de se rendre chez eux, car il devenait alors très jaloux. En dehors de la famille, nous voyions donc peu de gens. C'est sans doute pour cette raison que toutes les conversations que j'entendais, à gauche ou à droite, prenaient une telle importance. A la maison, nous ne conversions jamais. Nous prenions nos repas avant ou après notre père, et lorsque la télévision entrera dans le foyer, nous mangerons chacun de notre côté, seul devant l'appareil.

Le jour où mon père prit la décision de nous emmener à New York, je crus que la terre avait changé d'orbite. Il avait obtenu des laissez-passer gratuits en avion à la suite d'un échange de services. Combien de fois avais-je entendu ma mère le supplier d'utiliser ce privilège ! Il répondait toujours qu'il avait suffisamment voyagé. A force d'insister, ma mère l'avait convaincu. Nous partions pour trois jours. Il barricada la maison comme si notre absence devait durer des mois. Après de multiples vérifications des portes et fenêtres, on m'envoya chez la voisine appeler un taxi, car nous n'avions pas le téléphone. Ce qui était rare à Montréal. Mon père l'avait fait installer puis débrancher, car il considérait que ma mère parlait trop souvent à la sienne.

Pour la première fois de ma vie, j'ai le sentiment que nous sommes une famille normale, c'est-à-dire un père, une mère et des enfants réunis. En montant dans le taxi, un luxe que seule s'offrait ma tante chérie, j'ai également l'impression de m'élever dans l'échelle sociale. Se rendre dans la métropole américaine en avion est chose rare dans mon milieu. Mais je sais que nous sommes, en quelque sorte, des passagers clandestins puisque, ne payant pas nos places, nous sommes susceptibles de ne pas monter à bord si l'appareil est complet. Jusqu'à ce que je boucle ma ceinture, au moment où l'on met les moteurs en marche, je crains que l'hôtesse ne nous demande de quitter les lieux.

Je connaissais de New York ce que ma mère m'en avait appris: Broadway, les acteurs, les millionnaires, l'Empire State Building. Je suis impressionnée par la grande foule, éblouie par les milliers de néons clignotants et choquée par la saleté des rues. Tout me semble trop gros, trop bruyant et trop haut. Et, en même temps, j'ai le sentiment aigu d'être là où le monde entier veut être et je savoure ce privilège. Je découvre le pouvoir extraordinaire que donne la connaissance de l'anglais. Je parle aux serveuses dans les restaurants, au personnel à l'hôtel, et tous sourient en m'écoutant. Contrairement à Montréal, les gens ne se ressemblent pas tous. Il y a des Noirs, des Jaunes, des Bruns, des Blancs. Il y a surtout ces affreux clochards couchés par terre sur les trottoirs. Au centre-ville de Montréal, j'ai déjà vu ce genre de pauvres que nous appelons robineux. Dans la ville des millionnaires, j'en découvre à chaque rue et je ne comprends pas l'indifférence des piétons qui les enjambent.

Nous logeons dans un hôtel modeste où mon père bénéficie de prix réduits. Encore ici, nous ne sommes pas sur le même pied que les autres clients, les vrais clients. Je regarde ces gens dans les ascenseurs et les corridors, et je les envie de payer le plein tarif. Pour compenser, je prends de haut le personnel, ces femmes noires qui font nos lits et qui, j'en suis sûre, doivent mourir d'envie et imaginer que mon père est lui-même un millionnaire. « C'est rare, et ça fait riche de voir des parents, accompagnés de leurs enfants, en voyage », assure maman. Auparavant, je n'avais jamais vu mon père dépenser de l'argent pour nous. Ici, il nous emmène dans des restaurants que je veux croire chics et qui ne sont, en fait, que des cafétérias plus ou moins miteuses.

Le dimanche, ma mère insiste pour que nous nous rendions à la messe, à la cathédrale Saint-Patrick. A ma grande surprise, notre père nous accompagne. Mais je regrette bien vite sa présence à nos côtés. Durant l'office, il s'agenouille, se lève et s'assoit à contretemps, trahissant ainsi son ignorance de la liturgie. Il a l'air de prendre un plaisir moqueur à révéler, publiquement, à ces catholiques américains, qu'il ne pratique pas sa religion. Cette messe, dans une église où l'on parle anglais et latin avec un accent différent de celui de nos prêtres, me surprend. Ces prêtres ne ressemblent pas aux nôtres, qui ont une façon maniérée de parler et de faire des gestes. A Saint-Patrick, ils semblent plus dégagés, ont plutôt l'allure prospère d'hommes d'affaires, tout en priant avec une ferveur particulière, les yeux fermés, le visage presque douloureux de concentration. Il m'est difficile de comprendre que je suis dans une église catholique, la bonne, la seule vraie, sans qu'on y connaisse ma langue, qui est celle de tous les grands saints. Je pense que ces fidèles seraient surpris s'ils apprenaient que dans l'assistance se trouvent des Canadiens français, nous qui sommes les plus grands pourvoyeurs de prêtres à l'Église de Rome, donc des catholiques de rang supérieur.

Durant la quête, je suis stupéfaite de voir le nombre de billets d'un dollar dans le grand panier d'osier, tapissé de velours vert, qu'on passe devant nous. Mon père y dépose dix sous, ma mère, cinq, et nous, quelques sous noirs. Je n'ose regarder le jeune diacre qui recueille nos tristes aumônes. En communiant, je trouve à l'hostie un goût différent. Elle est plus épaisse qu'à Montréal, colle moins à la langue, a plutôt la saveur de la mie de pain, encore que la transsubstantiation y ait fait son œuvre. Dans cette cathédrale de la catholicité new-yorkaise, je reçois ma première leçon de relativisme religieux.

L'après-midi, nous nous rendons à Harlem malgré les protestations de ma mère.

« Il faut que vous voyiez "ça" », affirme mon père.

Et je ne sais pas de quoi il parle. Nous nous engouffrons dans le métro, sombre et peu rassurant, pour nous rendre au-delà de la 100ᵉ Rue. Nous émergeons de terre à une intersection bruyante, remplie de Noirs rassemblés sur les trottoirs comme s'ils attendaient quelque chose ou quelqu'un.

« *Hy, white man!* » dit l'un d'eux à mon père, qui lui rend son salut.

Nous marchons durant plusieurs minutes, puis mon père a soif. C'est dimanche, et malheureusement les bars sont fermés. Nous entrons dans un snack-bar infect, où l'on nous accueille avec curiosité, puis avec gentillesse dès qu'on nous entend parler français. Mon père nous commande du Coca-

Cola et exprime au serveur son regret de ne pas pouvoir obtenir d'alcool. Un grand Noir, qui en entrant avait caressé la tête blonde de mon petit frère, demande à mon père de patienter un moment. Il sort et revient peu après, un sac de papier brun rempli de bouteilles de bière dans les bras. Les deux hommes se mettent à boire en compagnie de ma mère, et peu à peu d'autres Noirs se joignent à eux. Ils ingurgitent à même le goulot, la bouteille dans le sac, pour en cacher le contenu. C'est bizarre et drôle. J'ai de la difficulté à comprendre la conversation à cause de cet accent particulier que je n'ai entendu que dans la bouche des serviteurs noirs des quelques films américains présentés dans le sous-sol de notre église. Je n'en reviens pas de voir mon père causer ainsi avec des étrangers. C'est une autre personne. Il semble à son aise, heureux même. Ma mère se mêle un peu à la conversation, tout en jetant sur nous des coups d'œil discrets. Lorsque nous quittons ce petit snack, deux heures plus tard, mon père déclare :

« C'est pas chez nous qu'on rencontre du monde civilisé. C'est ici ! »

Ghetto pour ghetto, il préfère celui de Harlem à celui de Montréal...

D'autres émotions m'attendent, à Coney Island. Cette station balnéaire, mal fréquentée, ma mère me l'a décrite comme s'il s'était agi de la Côte d'Azur. En fait, je découvre une plage immense, sale, dominée par une jetée de bois appelée *board-walk*. Sous cet immense trottoir, qui sert aussi de toilettes aux baigneurs, des couples se réfugient, comme s'ils étaient à l'abri des regards. En jouant avec mon frère, autour des piliers, je vois un homme couché de tout son long sur une femme qui pousse des soupirs inquiétants. Je cours avertir mes parents de la scène à laquelle je viens d'assister. Mon père éclate d'un gros rire tandis que ma mère nous interdit, non seulement d'y retourner, mais de jeter les yeux dans leur direction.

« Allez voir, allez voir, ça va vous déniaiser, insiste mon père.

— Pas ça, arrête ! Ils sont trop jeunes pour regarder des écœuranteries pareilles.

— Des écœuranteries ! Quelles écœuranteries ? »

Mon père se fâche tout net. Si bien que ma mère doit se dédire.

« Tu sais bien ce que je veux dire. T'as compris. Fâche-toi pas. C'est pour les enfants que je disais ça. »

Non, il ne veut pas comprendre. Et sa fureur augmente. Il jure, il sacre, il bout de rage. Ma mère prend peur et tente de l'amadouer. Elle s'approche de lui, veut l'embrasser. Il la repousse d'abord, puis lorsqu'elle revient vers lui, il met la main sur son sein.

C'est plus que je ne peux tolérer. Et il y a un lien, j'en suis sûre, entre ce toucher de mon père sur la poitrine de ma mère et ces deux corps vissés l'un à l'autre sous la jetée parmi les immondices. La tête me tourne. J'ai la nausée. Il me faut fuir cet endroit obscène.

Dans le train qui nous ramène à New York, en fin de journée, je m'isole dans la prière. Je ne veux pas connaître la vie, cette vie dont mon père désire m'instruire. J'entrerai au couvent où tout sera doux, pur et beau. Et où aucun homme ne pénétrera.

Je quitte la métropole américaine, soulagée. Ces trois jours de présence continuelle de mon père m'ont épuisée. J'inventerai encore une fois, pour la galerie, un voyage irréel :

grands hôtels, salles à manger luxueuses avec candélabres en argent, visite à l'opéra, dans les musées et, bien sûr, messe et communion à la cathédrale Saint-Patrick. J'en fais même le récit complet en classe. Je replonge dans mes biographies de saints, dans mes histoires de scouts résistants et dans mon amour pour sœur Sainte-Albanie. J'espère toujours vivre mon expérience mystique mais, la fin de l'année approchant à grands pas, je sais que Jésus ne m'enverra pas de signe durant les vacances. Il est bien trop occupé à pardonner les millions de péchés commis durant ces mois maudits.

La congrégation religieuse qui dirigeait l'école publique que je fréquentais possédait, à quelques rues de là, une école privée pour les élèves privilégiées. L'objectif des parents ambitieux était d'inscrire leurs filles à cette école. Ma mère avait donc décidé de m'y envoyer. Après la septième année du cours primaire, les plus fortes pouvaient espérer faire le cours lettres-sciences, ces quatre premières années du cours classique des garçons. On repérait très vite les petites susceptibles de faire ces études, et la sixième année constituait l'année d'écrémage, selon l'expression même des religieuses. On nous désignait comme les «élues», et nous savions que déjà nous n'appartenions plus au monde de notre école. En terminant la classe, cette année-là, la tristesse de perdre ma titulaire adorée fut compensée par le désir qu'elle exprima de me voir prendre le chemin de l'école supérieure. Avec sœur Albanie, j'avais connu d'intenses états de grâce, j'avais perfectionné mon français, j'avais été aimée avec tendresse; en somme, je m'étais sanctifiée. Par contre, l'avenir m'apparaissait menaçant. Je me dirigeai vers la septième et dernière année de mon cours primaire, les poings serrés et le cœur misérable.

7

Je ne quittais pas tout de l'enfance en faisant le saut en septième année. Je retrouvais un enseignement borné et rigide, dont nous avait débarrassées sœur Sainte-Albanie, l'année précédente. La titulaire de la septième année A était une petite femme sèche, sévère, sans humour, dont l'objectif consistait à nous faire apprendre, par cœur, le programme scolaire. Ses préoccupations concernaient avant tout notre moralité.

« Cette année du début de votre adolescence, je vous empêcherai de vous dévoyer. »

C'est en ces termes qu'elle nous accueillit dans sa classe le jour de la rentrée.

« Je ne cherche pas, comme d'autres, à être aimée. Je veux être respectée et crainte. Je serai impitoyable envers celles qui n'obéiront pas au règlement. Ce sera difficile pour vous d'accepter ma discipline. Mais je sais qu'un jour, plus tard, vous m'en serez reconnaissantes. »

Le résultat dépassa ses espérances : non seulement elle ne fut pas aimée, mais toute la classe la détesta cordialement.

Nous avions abandonné nos pupitres d'écolières, fixés au

plancher, pour des pupitres mobiles qu'elle décida de disposer en demi-cercle sur trois rangées.

« Pour mieux vous voir et pour vous éviter la tentation de parler dans mon dos. »

De plus, elle n'accepterait, nous dit-elle, aucune blague déplacée, aucun retard, aucune impolitesse et aucun uniforme malpropre. Nous étions à l'âge de la transpiration. Nous devions donc nous laver et changer de linge de corps souvent. Comme nous étions « prises de la poitrine », il fallait obligatoirement porter « quelque chose » — le mot soutien-gorge ne pouvait franchir sa bouche —, et ce « quelque chose » ne devait pas donner trop de relief aux formes. Les bas de nylon transparents étaient interdits dans sa classe. La modestie exigeait que les jambes soient cachées. Pour celles qui grimacèrent à ses propos, elle précisa que le chemin vers le mal commençait quelque part, et que les femmes pouvaient aussi provoquer les garçons avec leurs jambes. Selon elle, les bons, les honnêtes garçons préféraient les jeunes filles aux longs bas de coton. Elle fit alors référence à son neveu de quelques années plus âgé que nous, qui étudiait au cours classique.

« Mon neveu m'a dit : " Ma tante, si les jeunes filles savaient comme on a besoin de les respecter pour les aimer. " »

Elle en arriva ainsi à ce qui sera son thème obsessionnel : le maquillage.

Le bâton de rouge à lèvres avait valeur de symbole dans notre milieu. Il était associé à la puberté, à l'audace et au défi de la morale officielle, donc des autorités. En général, les élèves qui se dirigeaient vers le cours lettres-sciences n'en usaient pas.

Notre titulaire abhorrée nous fit un exposé magistral sur

les méfaits du rouge à lèvres. D'abord, cela nous enlaidissait, nous donnait un air dur, une allure vulgaire qui n'attirait que les voyous, ceux qui avaient le péché au cœur et qui voulaient nous entraîner avec eux dans le monde de Satan.

Ce bâton maudit excitait aussi les hommes mûrs, même les bons pères de famille. En les provoquant de la sorte avec nos bouches, couleur de l'enfer, nous péchions par association. En effet, si ces derniers perdaient l'état de grâce par une pensée impure dont nous étions les inspiratrices, nous devenions responsables de leur faute. Et, ne pouvant deviner le secret de leur cœur, nous nous retrouvions dans la terrible situation d'être en état de péché mortel sans le savoir.

C'était la première fois que j'entendais ce raisonnement apparemment sans faille, et j'en étais fort ébranlée. Je savais que, lors d'un hold-up, celui qui accompagnait le bandit qui tirait du revolver et tuait une personne, celui-là était également coupable. Etre la cause d'un péché, pouvait bien être une façon de pécher soi-même. Cette religieuse, me disais-je, a certainement étudié la théologie plus que les autres sœurs...

Dans sa classe, le cours de catéchisme se prolongeait bien au-delà de la période prévue. Et le thème du rouge à lèvres revenait régulièrement.

« Qui peut me dire avec quel produit le rouge à lèvres est vraiment fabriqué ? demanda-t-elle un jour à la classe silencieuse. Personne ne peut répondre puisque ce n'est pas avoué publiquement. Si les gens le savaient, ils seraient si dégoûtés qu'ils cesseraient d'en acheter. Ça, les fabricants le savent... »

Elle tenait à nous faire languir pour augmenter son effet final.

« Aucune d'entre vous n'a jamais rien lu sur le sujet ? Eh bien ! mes filles, je vais vous le dire : le rouge à lèvres, c'est fait avec de la graisse de nègres. De la graisse de nègres ramassée en Afrique», conclut-elle en martelant ses mots.

Satisfaite, elle promena son regard sur la classe, espérant nos questions. Personne ne leva la main. Quelques filles eurent des moues de dédain, d'autres manifestèrent du scepticisme mais aucune ne protesta devant pareil propos.

Comment expliquer notre silence indifférent? J'avais vu des Noirs à New York. J'avais assisté aux conversations de mon père avec eux. Les femmes de chambre à l'hôtel m'avaient saluée et souri. Comment ai-je pu éviter de me poser cette simple question: pour obtenir de la graisse de nègres, que fallait-il faire aux nègres? Était-ce trop invraisemblable? Était-ce trop abstrait? Toutes ces années, nous avions acheté des bébés noirs de la Sainte-Enfance pour les sauver de leurs parents qui, autrement, les tuaient. Ces parents-là, qu'était-ce, sinon des «sauvages»? Même les animaux, avions-nous appris, n'abandonnent pas leurs petits. Alors ces nègres infâmes, peu importait, à vrai dire, ce qu'on pouvait leur faire subir...

Cet exposé préliminaire donna le ton de l'année. Pour moi, qui ne fréquentais plus les garçons et qui rêvais secrètement de vivre, comme Bernadette Soubirous, une apparition de la Vierge, les mises en garde de la sœur sur le dévergondage trouvaient peu d'écho. Mais les coureuses, aux seins déjà bien formés, qui, les fins de semaine portaient des souliers à talons cubains et cachaient leur tube de rouge à lèvres au fond de leur sac d'école, les coureuses eurent le sentiment que la partie était perdue d'avance. La surveillance suspicieuse de la titulaire ne ferait pas défaut et compenserait, en quelque sorte, la pauvreté de son enseignement. Car cette année-là fut celle de la mémoire. Toutes les matières devaient être apprises par cœur : catéchisme, français, arithmétique, histoire, géographie, bienséance et anglais. Et bien malheureuses furent celles qui réclameraient des explications. Sœur Saint-Polycarpe enseignait le programme en vue des examens. Toute question qui débordait ce cadre était qualifiée de question piège, de question insolente, et celle qui la posait subissait les foudres de la titulaire.

La rentrée scolaire passa au second plan, en ce mois de septembre 1952. Elle fut éclipsée par l'arrivée de la télévision, ce nouveau médium très vite populaire. Les autorités scolaires appréhendaient la compétition du petit écran, et les mises en garde ne tardèrent pas. Au nom de la morale, il nous était recommandé de nous méfier de ce qu'on allait nous montrer et nous devions prévenir nos parents des réticences exprimées à l'école.

« Nous n'avons aucune garantie que ceux qui dirigent la télévision sont de bons catholiques pratiquants, déclara un matin sœur Saint-Polycarpe. Au contraire, il y a des athées qui se sont infiltrés à la radio et ce sont ces mêmes personnes qui se retrouvent aujourd'hui à la télévision. »

Moins d'une semaine plus tard, l'école entière fut réunie dans la grande salle.

« Mes filles, nous dit sœur directrice, nos seigneurs les évêques se questionnent sérieusement sur les bienfaits de cette nouvelle invention. Ils n'ont pas encore de réponses à leurs interrogations. C'est pourquoi ils nous recommandent d'agir avec prudence. Il s'agit du bien de vos âmes. L'Évangile nous dit : "Dans le doute, abstiens-toi" », rappela la sœur.

Elle précisa qu'il ne s'agissait pas de fermer les yeux si l'on se retrouvait par hasard devant un de ces appareils, mais plutôt d'éviter de faire pression sur nos parents pour qu'ils se procurent cette boîte à images suspecte.

Durant la récréation qui suivit cette intervention, quelques compagnes émirent des doutes sur le bien-fondé des propos de la sœur. C'étaient les plus âgées d'entre nous et comme elles n'étaient pas les plus douées, leur critique des sœurs ne me touchait guère. Lorsque mon père s'opposera à l'achat d'un poste, fort désiré par ma mère, je demeurerai perplexe. Pour la première fois, les sœurs et mon père pensaient la même chose. En fait, mon père refusait simplement de faire cette dépense extravagante. Nous serons donc dépendants des invitations des voisins. Même rares, ces absences nocturnes provoqueront sa jalousie. Finalement, pour éviter ces sorties, il consentira à cet achat en versant le montant nécessaire qui s'ajoutera aux économies de ma mère, amassées à son insu. Cela au moment où, autour de nous, la plupart des gens possédaient déjà des postes. Durant toutes ces années sans télévision, les sœurs me féliciteront d'en être à l'abri comme s'il se fût agi d'une nouvelle vertu.

« Mon père n'en veut pas, expliquerai-je, sans donner de détails.

— Votre père est un homme sage et avisé », me répondront-elles.

J'aurais bien voulu les croire.

J'étais en manque de connaissances, cette année-là, ne pouvant rien apprendre en dehors du programme scolaire. Pour mon plus grand bonheur, un oncle possédait une bibliothèque, la seule de toute la famille. Hors les almanachs et les annales de Sainte-Anne de Beaupré, chez ma grand-mère maternelle, et les deux dictionnaires, rapportés d'Europe, par mon père, les livres étaient absents de mon univers. Mon oncle m'assura que j'étais devenue assez grande pour lire les chefs-d'œuvre des écrivains géants. Et je prenais le mot géant dans son sens propre, ne comprenant pas par quel hasard de la nature Victor Hugo, Alphonse Daudet, Charles Dickens et René de Chateaubriand avaient une taille démesurée. J'eus bientôt fait d'épuiser sa « bibliothèque », cinq rayonnages contenant tout au plus une soixantaine de volumes.

Je lus tout, même les ouvrages dont je ne comprenais ni le vocabulaire ni le sens, et dont la forme me rebutait. Je lisais en pensant : « Je lis Victor Hugo », « Je lis Chateaubriand », et cette idée me grisait. J'avais le sentiment de communier à la culture universelle. Je me berçais de cette illusion page après page. Je n'en sautais aucune. J'appris plusieurs poèmes de Hugo par cœur. Je fus cependant ennuyée de constater que l'auteur que je préférais, celui que je comprenais vraiment, c'était un Anglais. C'était Charles Dickens. Les Français, ceux qui écrivaient dans ma langue, j'étais trop ignorante pour les apprécier.

Par vantardise, j'apportai *David Copperfield* à l'école. De tous les livres, c'était mon préféré. Je le montrai aux élèves comme d'autres montraient la photo de leur ami de cœur. Et je le laissai dans mon pupitre durant l'heure du repas. Lorsque je voulus entrer dans le local avec mes compagnes l'après-midi, je fus interceptée par sœur Saint-Polycarpe. Me serrant violemment le bras, les yeux noirs de colère, elle me retint auprès d'elle dans le corridor.

« Expliquez-vous ! me lança-t-elle.

— Qu'ai-je fait ? me dis-je, inquiète, en cherchant quelque accroc dans mon comportement exemplaire de la matinée. Je n'ai rien fait. Je ne comprends pas... »

Elle m'interrompit brutalement :

« Espèce d'hypocrite. Vous cachez dans votre pupitre des livres qui viennent de je ne sais où et qui, en plus, sont écrits par des protestants. »

Elle avait remis mon livre aux autorités et m'assura que je n'avais pas fini d'en entendre parler. Deux jours plus tard, le ton moins assuré mais l'air aussi sévère, elle me remit *David Copperfield*.

« Vous êtes imprudente. Vous jouez avec le feu en lisant des romans qui ne sortent pas des bibliothèques scolaires où l'on s'assure qu'ils sont à votre portée. La prochaine fois, adressez-vous à un prêtre avant de commencer. Avec votre tempérament, vous auriez intérêt à vous choisir un directeur spirituel », dit-elle en guise de conclusion.

Ses propos m'ébranlèrent. J'étais froissée qu'elle ait fouillé dans mon bureau. Mais, en apportant ce livre à l'école sans demander la permission, j'avais commis une faute puisque le règlement l'interdisait. Un livre sans *imprimatur* de nos évêques était suspect, et il valait mieux s'abstenir de lire des œuvres dont on ignorait la valeur morale. Mon oncle m'avait suggéré ces lectures; sans doute n'était-il pas suffisamment éclairé pour le faire. En jouant la forte tête, je prenais le risque d'être refusée à l'école privée, ma maîtresse pouvant produire un rapport négatif me concernant. Cette sœur ignorante, pour laquelle j'éprouvais une sorte de mépris mêlé de beaucoup de crainte, pouvait me nuire, briser mon avenir. Humblement, je m'excusai, reconnus ma faute, et lui promis d'être plus réfléchie à l'avenir. Nous rentrâmes dans le local, elle victorieuse, moi penaude, le livre à la main mais savourant intérieurement ma joie : celle d'avoir posé mon premier geste de défi intellectuel.

Je ne donnai pas suite à sa suggestion de prendre un

directeur spirituel. Je craignais ces tête-à-tête obligatoires, non plus dans l'obscurité et l'anonymat du confessionnal mais dans la clarté d'un bureau, face au prêtre, les yeux dans les yeux. J'avais eu, l'année précédente, quelques conversations intimes avec sœur Albanie sur l'état de mon âme. Mais j'adorais la sœur, et ces face à face, bien qu'intimidants, avaient apporté des accalmies à ma conscience tourmentée. Rien de cela n'était possible avec un prêtre, sauf peut-être avec un abbé de la paroisse, dont on disait qu'il n'avait qu'un poumon et, comme sœur Albanie, qu'il était un mort en sursis. Il avait l'air plus saint que les autres vicaires. Je lui réservais mes grosses confessions, celles où j'avouais des fautes graves, comme avoir eu de mauvaises pensées. Il ne posait jamais de questions supplémentaires, parlait à voix très basse et donnait toujours la même pénitence : une dizaine de chapelet. Mais comme il était encore plus timide que moi, je ne nous imaginais guère l'un en face de l'autre.

Privée de mon expérience mystique, je recommençai à croire que je serais comédienne. Dans ce milieu décrié pour sa conduite immorale, je porterais le flambeau de la spiritualité. Les Canadiens français devaient assurer la présence catholique et française en Amérique du Nord, je me ferais un devoir personnel de ramener la colonie artistique à des vertus de pureté et d'espérance. Le messianisme représentait une de nos valeurs collectives. Il deviendrait également, pour moi, un objectif individuel. Je désenchanterai quelques années plus tard lorsque, adolescente mystique et farouche, je me retrouverai dans ce monde gai, fou, frondeur, immodeste, inquiet et iconoclaste. Je découvrirai, éberluée, des couples illégitimes, la réalité homosexuelle que j'ignorais complètement et une contestation ouverte et joyeuse de la morale traditionnelle. C'était avant les grands changements des années soixante et mes livres de chevet avaient pour titres : *les Confessions*, de saint Augustin, et *les Grandes Amitiés*, de Jacques et Raïssa Maritain. Je connaîtrai, parmi ces artistes, ce qu'on appelle le choc anthropologique.

La maîtresse vivait, à sa façon, le calendrier liturgique. La préparation de la Toussaint fut l'occasion de nous pencher plus avant sur notre propre mort. Afin de prendre pleinement conscience de notre fragilité, de notre état de goutte d'eau dans l'océan, la sœur nous suggéra, comme réflexion spirituelle : notre cercueil. Nous devions nous imaginer étendues sur le taffetas blanc, les mains jointes, un chapelet entre les doigts. Elle nous proposa même un sujet de composition inusité : « Vous êtes couchée dans votre cercueil, au salon mortuaire, et vous pouvez entendre les propos des visiteurs qui viennent vous rendre un dernier hommage. Que disent-ils de vous ? » Cette confrontation avec ma propre mort me dévastait. Mais je devais composer cet éloge nécrologique sur moi-même, sans protester. Car j'avais besoin de mes points, tous mes points, pour entrer au cours lettres-sciences. D'autant plus que mon père protestait contre cette décision de ma mère. Il ne voulait pas débourser d'argent pour des études qui ne servaient guère aux filles. Mes résultats scolaires se devaient donc d'être spectaculaires. Je recueillis un 93 % pour mon devoir mortuaire. Je m'étais fait décrire avec humilité par ceux qui s'inclinaient devant mon cercueil. Ils bénissaient ma mort comme une délivrance du péché et remerciaient Dieu de m'avoir rappelée à Lui. Ils ne manifestaient aucun regret, aucune tristesse de me voir disparaître. Ils avaient le cœur heureux et m'enviaient. C'était tout ce que voulait entendre sœur Saint-Polycarpe. Je l'avais même agréablement surprise, avait-elle écrit en marge de la feuille. Cet exercice m'avait épuisée. Mais j'avais gagné la partie sur la sœur, car j'avais menti et elle m'avait crue. Je détestais l'idée de la mort. Elle me terrorisait. J'avais réussi à prétendre le contraire. J'étais forte, plus forte que sœur Saint-Polycarpe. Un jour, je serais plus instruite qu'elle.

Au bout de quelques mois, il y eut deux classes dans une : les élues du cours lettres-sciences et les autres, promues à un bien petit avenir, nous semblait-il. Pour les premières, les exigences académiques croissaient de mois en mois alors que, pour les secondes, elles diminuaient constamment. Si bien qu'en fin d'année les orientations des unes et des autres se justifieront totalement. A une époque où les études classiques pour les filles apparaissaient comme un luxe inutile, compte tenu qu'elles ne menaient, sauf exception, qu'au mariage, payer pour de telles études n'était pas accepté par la plupart des parents de mon milieu. Les frais de scolarité, bien que peu élevés — dix dollars par mois à l'école supérieure —, ne constituaient qu'une partie de la dépense réelle ; il y avait aussi le coût de l'uniforme et des livres. Les communautés religieuses octroyaient donc quelques bourses pour les élèves talentueuses, mais défavorisées financièrement. Ma mère se serait fait scalper plutôt que d'aller quémander une bourse aux religieuses. C'est pourquoi, au cours de cette septième année, après des disputes acharnées, entre mes parents à propos de mon avenir, je fus inscrite en secret à l'école de mes rêves, et ma mère m'assura qu'on se débrouillerait pour payer. Mon père avait toujours l'habitude de cacher des billets de banque derrière les cadres, dans les plinthes, le long des murs, et à d'autres endroits introuvables que ma mère, parfois en notre compagnie — nous disions alors que nous allions à la chasse —, finissait toujours par découvrir. Au fond, mon père était incapable de lui donner de l'argent et il avait trouvé ce moyen détourné, apparemment contre sa volonté, pour le faire. C'était un jeu bizarre, certes, mais dont les règles étaient connues de toute la famille. En fouillant ses «cachettes», durant cette année, ma mère amassa la somme nécessaire. J'évitai donc ainsi l'humiliation d'être boursière et les conditions qui s'y rattachaient : la perfection académique, doublée d'un comportement exemplaire et d'une absence totale d'affirmation de soi. La première de notre classe, une compagne ambitieuse, tendue, appliquée et très gentille, obtint la bourse d'études, et la maîtresse en informa la classe pour démontrer, je suppose, l'esprit de charité de sa communauté. Lisette si fière, si orgueilleuse, rougit de honte au moment de cette annonce et des larmes rageuses lui montèrent aux yeux. Pour justifier le choix des autorités, la sœur décida que non seulement la boursière continuerait d'être première mais qu'elle le serait dans toutes les matières, comme le dessin ou la couture où elle manifestait une habileté moyenne. Elle sortirait, en tout cas, à la tête du concours de catéchisme. Ce marathon, au bout duquel nous connaissions le manuel par cœur, se déroulait au lieu et place des heures consacrées aux autres matières : le français, l'arithmétique ou l'anglais. Lisette et moi nous talonnâmes durant les semaines pendant lesquelles se déroula ce concours inusité. Nous vivions dans l'obsession de réussir la performance. Je passais des heures à me faire poser les questions par ma mère, toujours volontaire pour développer mes ambitions.

Je pouvais réciter le catéchisme dans l'ordre et dans le désordre. J'étais imbattable et, cette fois, je serais première.

La dernière journée de sprint, dans le courant de l'après-midi, j'avais cinq réponses d'avance sur Lisette. L'élève qui m'interrogeait devint plus nerveuse que moi, car je n'étais plus qu'à dix réponses de la victoire. C'est alors que la sœur décida de mettre un terme à cet exercice tout en laissant se dérouler celui de la boursière. Le sol s'ouvrit sous mes pieds. Un murmure de protestations s'éleva de la classe comme pour faire écho aux sanglots qui m'étouffaient. Quinze minutes plus tard, la studieuse, l'appliquée Lisette était déclarée officiellement gagnante par sœur Saint-Polycarpe.

Il m'était arrivé de subir des injustices. De la part d'une maîtresse laïque, le geste pouvait être acceptable. Mais, de la part d'une religieuse, c'était inadmissible à mes yeux. J'avais été témoin de scènes malheureuses lors de ma première communion, j'avais vu s'exercer la discipline sévère des autorités, j'avais assisté à des réprimandes terribles d'élèves fautives mais, chaque fois, j'avais eu le sentiment que les sœurs incarnaient la vérité et le bon droit. Et voilà qu'une religieuse, consacrée à Dieu pour la vie, commettait un péché devant mes yeux et contre moi. Ma foi en était ébranlée. Il se produisit alors un phénomène nouveau. Un vent de révolte gronda autour de moi et je me laissai porter par lui. La classe entière se rangea de mon côté.

Le lendemain, durant une leçon, trois élèves causaient entre elles. La sœur s'interrompit soudain. « Mesdemoiselles, si ce que vous racontez est plus important que ce que je dis, faites-en bénéficier toutes vos compagnes. »

L'une de ces élèves n'avait pas froid aux yeux. Elle avait un oncle haut placé à la commission scolaire. Elle répliqua :

« On fait rien de mal. On se donnait des explications sur ce que vous dites.

— Espèce d'impolie, s'écria la sœur. Vous osez me répondre. Si votre oncle vous voyait, il ne serait pas fier de vous, je vous assure.

— Il serait encore moins fier de vous, ma sœur. Après ce que vous avez fait hier. »

La terre aurait tremblé que l'effarement de toutes, maîtresse et élèves, n'aurait pas été plus grand. La sœur, blanche comme un drap, fut prise d'un tremblement de tout le corps. Elle s'empara de son crayon pour se donner une contenance et, sous l'effet de la colère, le cassa sec. Elle essayait de se ressaisir, mais il était évident que, renvoyée à sa propre immoralité, elle venait de perdre la partie. La classe se termina dans le silence le plus complet.

Elle nous accueillit le lendemain matin avec un air bizarre.

« Mes filles, j'ai une annonce à vous faire. Il n'y a pas une mais deux premières *ex aequo* au cours de catéchisme. »

Ce fut tout. Et elle enchaîna, comme si de rien n'était, avec la leçon de religion. Nous n'osions nous regarder. Jamais nous n'avions vu une religieuse se désavouer ainsi. Cette victoire me désappointait. En se démystifiant devant nos yeux, sœur Saint-Polycarpe donnait à vingt-cinq adolescentes nullement préparées à la fronde une arme inespérée dont le maniement ne nous demeurerait pas inconnu.

Je perdis un autre avantage en septième année. Une fillette d'un an ma cadette prit ma place d'élève la plus jeune de la classe. Ses parents avaient emménagé dans notre rue, à quelques maisons de chez nous, l'été précédent. Les enfants du voisinage l'avaient vite classée : elle était folle, excentrique, et on pouvait lui monter tous les bateaux du monde. En revanche, elle lisait des livres d'adultes, des ouvrages scientifiques, et nous faisait des démonstrations de chimie sur son perron.

En classe, elle était distraite, posait des questions compliquées auxquelles la sœur ne pouvait jamais répondre et se préoccupait peu des notes de bulletin. En fait, elle était surdouée, avait sauté deux classes, et possédait une intelligence baroque qui désarçonnait tous ceux, enfants et adultes, qui l'approchaient. Le plus simple était de rire d'elle, ce dont ne se privaient pas les élèves ; elle s'en fichait éperdument. Elle m'attirait et je devins son amie.

Elle était physiquement plus développée que moi. Plus forte, plus grande, elle avait une poitrine que je lui enviais mais que je trouvais trop évidente, presque indécente. Louisette aimait parler des « mystères de la vie » qu'elle connaissait déjà. Elle prit un plaisir indicible à faire mon éducation. Mais à sa façon. Avec extravagance.

Nous passions de longues heures à nous promener sur les trottoirs de notre rue. Elle me décrivait les menstruations avec maints détails. D'abord les symptômes qui les annonçaient :

« C'est comme une presse hydraulique dans le bas de ton dos.

— Qu'est-ce que c'est qu'une presse hydraulique ? »

Et j'avais droit alors à un cours de physique.

« Les douleurs ressemblent aussi à des coups de gant de boxe que tu reçois de l'intérieur de ton ventre. »

Cela me faisait peur, je le lui disais. Elle me rassurait.

« C'est supportable. Puis ça nous prépare aux souffrances de l'accouchement. »

Puis elle me décrivait le flux menstruel.

« Ce sont des petites gouttes rouges ou noires au début. Puis ça coule comme des petites cascades. Des fois, c'est comme un barrage qu'on ouvre. A ce moment-là, tu te couches, tu élèves les jambes, puis ça cesse tranquillement.»

Je posais question après question.

«Comment fait-on pour marcher droit avec ces serviettes entre les jambes? Combien de fois par jour doit-on les changer? Qu'est-ce qu'on ressent quand le sang coule?

— C'est doux, assurait-elle. Des fois, on a l'impression qu'une petite porte s'ouvre dans le bas de notre ventre. Ça fait tout drôle.»

Je croyais tout ce qu'elle me racontait et je m'apprivoisais à cette réalité féminine révélée de façon si dramatique par ma mère. Il y avait chez Louisette une volonté de préciser les choses qui me fascinait. Elle me décrivait les différentes couleurs du sang, du début à la fin du cycle, comme un peintre eût détaillé les nuances de bleu et de gris dans un ciel nuageux. Elle me parla aussi de l'accouchement comme d'un moment difficile mais merveilleux. Elle m'apprit que les bébés sortaient du ventre par un couloir, le même par lequel le sang s'écoulait, mais que ce couloir était extensible, un peu comme les bas beiges que nous portions. Enfin, elle m'assura que la fabrication d'un enfant commençait par un long baiser mouillé, dont la suite lui échappait encore.

Ainsi, les «dévergondées» de l'école, les grandes aux tubes de rouge à lèvres avaient raison. Un bébé pouvait être conçu par un baiser «spécial». En laissant ces pensées flotter dans ma tête, j'étais sûre de commettre un péché d'impureté. Et ces pensées s'imposaient à ma volonté. Mais étais-je en état de péché mortel ou véniel? Toute ma vie mouvementée de pécheresse adolescente gravitera autour de ce point. Ma volonté m'échappait-elle ou non?

Mes conversations avec Louisette m'apparaîtront peu à peu un risque moral. Je me croirai même en état de péché mortel à cause d'elle et m'en accuserai au confessionnal. J'avais péché par mauvaise action puisque je marchais à ses côtés. Les menstrues, l'accouchement, les baisers représenteront, dans mon esprit confus, une seule et même chose : l'impureté. J'entrerai ainsi de plain-pied dans mon adolescence de Canadienne française catholique.

Cet hiver-là, mes attentes mystiques ayant tourné court, j'acceptai de revoir mon amoureux de la communion solennelle. La patinoire du parc était un lieu béni des jeunes et maudit des autorités religieuses, car les fréquentations mixtes y étaient possibles. Nous passions nos week-ends sur la glace. Les garçons s'élançaient comme autant de Maurice Richard, l'idole inégalée de notre sport national, et les filles s'épuisaient en acrobaties pour attirer leur attention. Car toutes, nous rêvions d'être invitées à patiner main dans la main en leur compagnie, ou par la taille si nous étions plus audacieuses et plus osées. Les élèves aux lèvres rouges, qui me traitaient comme une enfant, révisèrent leur jugement lorsqu'elles m'aperçurent glissant élégamment au rythme d'une valse de Strauss, enlacée par mon amoureux. Son bras autour de ma taille transperçait mon blouson matelassé comme un ruban de feu sur ma peau. Je découvrais la véritable émotion sexuelle. Silencieux, nous patinions avec frénésie à - 30°, en dépit des engelures aux pieds et aux mains. Lorsque ce froid excessif avait vaincu notre résistance, il me reconduisait à la maison, sans mot dire, mes patins sur son épaule. Nous n'enfilions pas nos gants afin que nos mains nues se touchent. Seule dans mon lit, le soir, la culpabilité me retrouvait inquiète et exaltée. J'en oubliais mes malheurs familiaux.

Les fêtes religieuses ponctuaient notre vie autant que les saisons. La Toussaint, le 1er novembre, nous mettait face à la mort et celle-ci s'incarnait dans notre automne triste et glacial. L'Immaculée Conception, le 8 décembre, célébrait la Vierge, notre modèle, et annonçait la neige, symbole de sa pureté. La Nativité justifiait les célébrations païennes — l'excès de nourriture et d'alcool —, et servait de soupape à ce long hiver déjà installé. La Circoncision, jamais expliquée, permettait de fêter le Premier de l'an. Le mercredi des Cendres nous ramenait à nos origines et marquait le début des semaines austères du carême, passage obligé vers le printemps. Pâques, fête de la Résurrection du Christ, était aussi celle de la saison tant espérée. Enfin, la Saint-Jean-Baptiste, le 24 juin, fête nationale du Canada français, donnait son envol à l'été.

Mes Noëls d'enfance furent tristes. Nous ne pouvions les vivre en famille, mon père s'excluant, du seul fait de son incroyance. Notre mère seule nous offrait des cadeaux, comme au moment de nos anniversaires. Mon père n'en donnait pas, n'en attendait pas, et protestait en sacrant lorsque, devant lui, nous parlions avec excitation des présents que nous souhaitions recevoir. Noël n'existait donc que par la volonté de notre mère. L'argent, pour l'achat des présents et de la nourriture plus abondante à cette occasion, venait de la chasse aux dollars à laquelle souvent nous participions. C'est sans doute au temps des fêtes que je souhaitais le plus avoir un autre père que le mien. Malgré la morale contraignante dans laquelle je vivais, il m'arrivait, en marchant dans la rue, de regarder des hommes. Je cherchais toujours pour ma mère un mari de rechange qui serait également un bon père pour nous. Chaque Noël, je demandais à l'Enfant Jésus la conversion de mon père comme en son temps ma grand-mère paternelle avait prié pour son époux impie. A douze ans, je renouvelai mon vœu, cette fois sans espoir. Tout chrétien avait sa croix à porter : c'était la mienne.

Chaque maîtresse imposait à sa classe son carême. Le plus strict, le plus rigide, le plus irréaliste fut celui de sœur Saint-Polycarpe. La veille du mercredi des Cendres, nous nous vîmes pourrir sous la terre. « Tu es poussière et tu retourneras en poussière », avait-elle écrit au tableau noir, pour bien s'assurer que la phrase que le prêtre prononcerait en nous imposant les cendres nous reste présente à l'esprit. Elle nous suggérait fortement de diminuer notre quantité de nourriture tout au long de ces quarante jours. Elle-même jeûnait le vendredi et nous assurait qu'elle ne s'en portait pas plus mal. Toute friandise devait être bannie, et les élèves qui en apportaient en classe étaient punies très sévèrement. J'étais en accord avec la sœur et jugeais indignes les élèves qui mangeaient gloutonnement du chocolat ou du chewing-gum à l'extérieur de l'école. Ce sont des tièdes, me disais-je, et elles seront vomies par le Christ.

Cependant, je demeurais perplexe face à l'interdiction de rire que la sœur justifia par les souffrances de Jésus durant cette période. Cette interdiction avait provoqué un tollé de protestations parmi mes compagnes. J'avais l'impression qu'elle exagérait quelque peu mais, par ailleurs, comment pouvait-on se préparer à cette mort divine le sourire aux lèvres ?

« Un mauvais carême annonce une mauvaise année », prédisait l'horoscope religieux. J'y ai cru toute mon enfance. Je n'ai jamais réussi à me priver de bonbons durant quarante jours. Mais j'avais développé une technique pour en manger sans me sentir fautive. Je les avalais tout rond, sans y goûter. Ainsi, je ne compromettais pas mon année. En retirant volontairement le plaisir de l'acte, je faisais pire, mais je l'ignorais.

Je terminai cette dernière année de cours primaire avec le sentiment aigu de franchir une étape décisive de ma vie. J'étais en tête de peloton, parmi les élites. Je serais l'épouse d'un médecin, d'un avocat. Mes fils suivraient la voie de leur père. Car c'était là où menaient les études classiques d'une fille. A séduire un homme instruit et à mieux instruire ses fils.

8

En me dirigeant pour la première fois vers l'école supérieure, je voguais sur des nuages. J'étais la seule enfant de ma rue à changer d'institution scolaire. A l'angle de la rue Jarry, je laissai mes anciennes compagnes continuer vers l'école de mon enfance, et je tournai à droite. Je portais un uniforme flambant neuf. Une robe de serge marine au col pointu et aux poignets ronds en satin blanc, décorée, du cou à la taille, de vingt et un boutons de nacre blanc. Mal cousu par ma mère sur le bras gauche, l'écusson de l'école avec sa devise *Ardens et Lucens*. Aux pieds, des chaussures lacées réglementaires de couleur marron. Dans cette tenue, personne n'ignorait que j'étais une élue et je grelotterais de froid plusieurs jours avant d'accepter de me banaliser en faisant disparaître mon uniforme sous un manteau. Ma mère avait gagné sa nouvelle bataille scolaire, après bien des disputes violentes dont j'avais été témoin. Je savais les sacrifices auxquels elle consentait pour m'envoyer au cours privé, mais j'appréhendais déjà le chantage qu'elle pourrait exercer sur moi. En ce matin de joie fulgurante, je chassai ces pensées de mon esprit. J'étais tout à l'euphorie que me procurait la vue des petits groupes qui convergeaient vers ce temple du savoir.

En arrivant dans la grande cour, je cherchai d'instinct les élèves de mon ancienne école. Nous étions peu, noyées dans le flot d'inconnues venues des quartiers environnants. Après le son du timbre, nous, les plus jeunes, fûmes classées en deux groupes. La responsable de l'école portait maintenant le titre de sœur supérieure et non plus de sœur directrice, l'ascension sociale concernant les sœurs autant que les élèves. Sœur supérieure était rondelette, petite, mais son regard ne permettait à personne de douter de son autorité :

« " Aux âmes bien nées, la valeur n'attend pas le nombre des années. " Notre objectif est de développer votre esprit dans une perspective chrétienne. De plus, mes grandes filles, n'oubliez jamais qu'être élève du cours lettres-sciences, c'est ne plus être dans la masse. Il est très important qu'à partir d'aujourd'hui vous commenciez à vous sentir différentes des autres jeunes filles. »

Elle fit référence à la parabole des talents et insista pour dire que la voie qui nous était tracée s'avérait pleine d'embûches.

« Dieu vous a beaucoup donné. Il attend tout de vous. Cela signifie, mesdemoiselles, que votre réussite doit être exceptionnelle, car votre échec serait retentissant. Vous n'avez de choix qu'entre ces deux extrêmes. »

J'étais secouée par ce discours dont le raisonnement m'apparaissait irréfutable. Oui, je viserai le sommet. Oui, je l'atteindrai ! Sans quoi, je raterai ma vie, totalement. Mais, ignorant où était ce sommet, je m'en remettais aux sœurs pour me l'indiquer. Et j'avais quatre années devant moi pour y arriver. Ces compagnes qui m'entouraient, et que je ne connaissais pas, étaient mes semblables. Elles avaient de l'étoffe, comme moi. En montant vers les salles de cours, nous nous regardions toutes avec des yeux neufs. Et nous nous reconnaissions.

Notre école accueillait aussi des élèves qui étudiaient en vue d'obtenir un diplôme commercial. Elles se destinaient au métier de secrétaire, et ce diplôme d'une école privée ouvrait plus de perspectives d'emploi. Les autorités évitaient soigneusement tout contact entre nous. Les heures de cours étaient différentes. Aucune activité parascolaire n'était commune, pas même les activités religieuses. Jamais nous ne voyions les enseignantes du lettres-sciences frayer avec celles du commercial. Car deux mondes s'incarnaient dans cette petite école : le spirituel et le matériel.

Nos enseignantes, la crème de la communauté, nous assurait-on, nous traitaient avec des égards auxquels nous n'étions pas habituées. Elles ne nous parlaient plus comme à des enfants. Nous étions des « grandes » filles. Le cours de catéchisme avait disparu pour faire place à un cours de religion, et le manuel n'était plus composé sous forme de questions-réponses. C'était un ouvrage au vocabulaire abstrait où nous retrouvions des formules du genre : « L'adolescence est cet âge entre deux âges où le cœur se retourne, je ne sais vers quelle Asie. » Je trouvais ce type de déclarations génial et je m'astreignais à en apprendre le plus grand nombre par cœur. J'estimais que cela « faisait instruit ».

Mes manuels de latin me transportaient de joie. Bientôt je les déchiffrerais, comme le prêtre son bréviaire. Dans le tramway qui m'emmenait chez ma grand-mère, le dimanche, j'ouvrais ostensiblement mon livre de latin et je feignais de lire. Certains de ces livres venaient de France, et j'eus tendance, au début, à considérer ces ouvrages supérieurs à ceux de chez nous. J'avais additionné des chapelets avec des crucifix, j'avais rédigé des dictées en français où les difficultés de l'orthographe portaient sur des phrases comme «pour que vous évitassiez la géhenne», j'avais étudié l'histoire du Canada à travers les lamentations pieuses des jésuites en train de se faire scalper, c'est pourquoi l'absence d'exemples dans mes nouveaux manuels me faisait croire que j'avais entre les mains le *nec plus ultra* des textes scolaires. Je me sentais devenir une intellectuelle. A mes yeux, intellectuel et ouverture d'esprit étaient synonymes. J'ignorais qu'en France d'où nous venaient ces livres, ce mot pouvait aussi se conjuguer avec étroitesse d'esprit.

Notre maîtresse venait tout juste de prononcer ses vœux perpétuels et elle débutait dans l'enseignement. Extrêmement timide, elle voulait compenser son manque d'expérience par une sévérité à laquelle on ne croyait pas complètement. On la sentait mal à l'aise jusque dans sa façon de porter son habit. Elle ne cessait de redresser la coiffe très amidonnée qui lui recouvrait la tête. Nous partagions son trac, car nous étions là pour réussir. Nous nous retrouvions, les premières de classe de toutes les écoles environnantes, dans un contexte de compétition que nous n'avions jamais connu. Seules les élèves riches ne semblaient pas éprouver cette pression. Peu préoccupées de leur avenir, elles étaient là dans l'attente d'un mari. Leur insouciance me choquait autant que leur comportement. Hors des murs de l'école, elles s'empressaient de cacher leur uniforme sous un gros chandail aux couleurs de l'équipe de football de leur petit ami du moment.

La plupart des élèves ne leur ressemblaient pas. Elles étaient studieuses, appliquées et très ambitieuses. On en voyait même qui étudiaient, à l'écart, durant les récréations.

Plus jeune que mes compagnes, savourant mon succès d'en être arrivée là, je me laissais porter par ma facilité d'apprendre comme je l'avais toujours fait dans le passé. Je ne faisais aucun effort particulier. J'étudiais distraitement. Je préférais lire les derniers chapitres des manuels, me donnant un avant-goût de la savante que je deviendrais, plutôt que de bûcher sur les quelques pages à l'étude. Au début du mois d'octobre sœur supérieure présida à la distribution des bulletins. Les jours précédents, une nervosité communicative s'était installée parmi nous. Nous tentions de deviner qui serait l'heureuse première, mais nos prévisions s'avéraient difficiles : nous étions toutes également douées.

Lorsque sœur supérieure frappe à la porte à l'heure dite, mon cœur s'arrête un instant de battre. Très excitée, je suis vaguement inquiète. La veille, je visais la quatrième ou la cinquième place ; quand je vois sœur supérieure ouvrir, comme un cahier, nos bulletins placés par ordre de succès, je me dis que la septième ou la huitième place me satisfera.

« Mes grandes filles, aujourd'hui est un jour important, dit-elle comme pour faire durer le suspense. Ce premier bulletin vous donnera une idée de tous les autres qui viendront ensuite. Il nous permet, à nous, vos éducatrices, de découvrir celles qui dominent le peloton. Celles qui justifient le Seigneur de leur avoir donné le talent. »

Puis elle jette sur notre groupe un regard interrogateur comme si elle cherchait d'avance à identifier les meilleures. Enfin, elle commence la lecture de nos noms.

« Première, Nicole Drouin 86,4 %. »

La Nicole en question était une de ces filles qui se concentraient sur leurs manuels durant les récréations. Elle se lève sans empressement, esquisse un sourire qu'elle fait immédiatement disparaître comme s'il était provoquant et reçoit le bulletin jaune pâle que lui remet sœur supérieure en hochant la tête de satisfaction. La moitié des élèves viennent de perdre l'espoir de se voir attribuer la première place. C'est pourquoi l'élève suivante semble légèrement déçue, mais se ressaisit vite car la sœur lui affirme qu'elle peut réussir l'exploit le mois d'après. La troisième se mord les lèvres pour se donner une contenance, la quatrième manifeste ouvertement son mécontentement, la cinquième a les larmes aux yeux, la sixième paraît bourrue, la septième joue la désinvolture et j'attends toujours d'être nommée! Huit autres noms me transpercent les oreilles. Je me classe seizième, et avant-dernière.

Je ne réussirai pas à reprendre pied. Prise en grippe par la maîtresse, harcelée inlassablement par ma mère, je me sens si humiliée que je finirai par ne plus apporter mes bulletins à la maison. J'imiterai même plus tard la signature de mon père. Les mauvais bulletins de toutes mes années de classe seront ainsi les seuls signés de son nom. Ma vie devient un cauchemar. La culpabilité me sort par les pores de la peau. Pour la première fois, je ne réponds plus aux désirs de ma mère, je n'incarne plus ses rêves. Je suis en train, sans le savoir, de donner raison à mon père. En échouant en classe, en critiquant les idées transmises, bref, en devenant une révoltée, j'avais trouvé la seule façon à douze ans de lui dire que je l'aimais. Mais il continuera de m'ignorer. Je me retrouverai complètement seule, dévalorisée par celles-là même qui m'avaient toujours soutenue.

Dès lors que mes réussites scolaires n'étaient plus un objectif réalisable, il m'en fallait un autre. J'apprendrai, seule, des choses qu'on ne nous enseignait pas. Le dictionnaire me servira de livre de chevet. Je trufferai mes conversations de mots compliqués, inconnus. Je citerai, dans mes compositions, proverbes, maximes et pensées d'auteurs célèbres. J'avais repris mes cours de diction chez Mme Audet. Cette dernière nous initiait aux auteurs classiques, Molière, Corneille, Marivaux et, pendant les cours d'algèbre ou de géométrie, je lisais des vers en cachette. Sous l'étiquette «philosophie chrétienne», nous apprenions à justifier théoriquement notre foi. La plupart des élèves détestaient cette matière. Moi pas. J'aimais jouer avec ces concepts. Mais j'exigeais de pouvoir argumenter à l'intérieur de cette vision du monde. Nos éducatrices y voyaient un danger. Dans mes devoirs de morale, je perdais des points parce que l'orthodoxie n'y était pas respectée. Par contre, sur les péchés, je croyais tout ce qu'on me racontait.

Je passais de longs moments dans la petite chapelle de l'école. Seule, dans ce lieu aussi sacré mais moins impersonnel que la grande église paroissiale, je savourais mes tête-à-tête avec Dieu le Fils. Mais, en grandissant, mes prétentions intellectuelles me conduisaient vers le Saint-Esprit, la plus abstraite des trois personnes de la Trinité. Je devins une fanatique de l'Esprit saint. Je chercherai des prières spécifiques le concernant et la Pentecôte représentera, à mes yeux, l'apogée du calendrier liturgique. Mon attirance pour la Sainte Vierge diminuera d'autant. Je la trouvais maintenant trop douce, trop proche. Je réduisis peu à peu la récitation du rosaire. De trois chapelets par jour, je passai à deux, puis à un seul. Je refusai même de rejoindre la Congrégation des enfants de Marie qui succédait au mouvement de la Croisade eucharistique. Mon attitude fut interprétée comme une contestation religieuse et je fus convoquée par la responsable.

« Vous êtes un mouton noir. En refusant d'être enfant de Marie, vous faites pleurer la Vierge. Et j'espère que vous vous rendez compte qu'en agissant ainsi, c'est votre propre mère que vous faites pleurer. »

Je tentai, sans succès, de lui expliquer ma passion pour la troisième personne de la Sainte-Trinité. Elle y vit plutôt un reniement de mon sexe.

« Comment pouvez-vous prendre le risque de devenir une femme ratée, une épouse indigne et une mère déshonorée ? N'oubliez jamais que pour nous, s'éloigner de la Vierge, cela signifie refuser sa féminité ! Pensez-y bien », conclut-elle d'un ton menaçant.

Je sortis secouée de cette conversation. La religieuse avait touché une corde sensible car je sentais que mes espoirs, mes rêves différaient de ceux de mes compagnes. Je ne souhaitais ni le mariage ni la maternité. Je voulais une carrière. Les romans fleuris de Berthe Bernage me donnaient des haut-le-cœur. Ces mièvreries de jeunes filles en fleurs provoquaient mon mépris. Je continuais de lire des romans de la collection « Signe de piste ». Tous mes héros étaient des hommes. Était-ce normal ? Étais-je normale ? Ces questions me troublaient. J'avais cependant une assurance ! Je lisais des livres plus captivants, je priais un Dieu plus sophistiqué et j'avais une vie intérieure plus mouvementée que les jeunes filles modèles qui m'entouraient. J'étais une catholique imparfaite et spéciale. Ne pas être enfant de Marie complétait le portrait. Je me consolais ainsi de mes échecs du moment.

J'étais, à mon tour, devenue une « queue ». Je n'osais me l'avouer, et personne ne me renvoyait cette image de moi-même, ni les élèves ni les sœurs. Un rejet des « queues » dès le début du cours aurait confirmé leur erreur de jugement, leur mauvaise sélection, puisqu'elles nous avaient choisies. Elles nous faisaient plutôt sentir que nous les trahissions, punition bien plus efficace. J'avais honte. Je continuais de les aimer. Et ma foi et ma piété me servaient de rempart contre leur tentation de me déconsidérer. A leurs yeux, j'étais « une élève à personnalité forte » qui errait. Le jour où je serai qualifiée de « tête forte », ma position dans l'école deviendra plus précaire.

Je m'étais cru dans un temple du savoir. Par mes notes médiocres, je n'en étais pas digne mais je découvrais que notre enseignante n'était pas non plus à la hauteur de la tâche. J'avais imaginé que, pour nous enseigner le latin, elle devait le parler couramment. Que, pour nous faire pénétrer dans le monde de la littérature, elle avait lu les œuvres complètes des grands auteurs. Que, pour nous donner accès à l'histoire universelle, elle se transformait en une véritable encyclopédie.

A ma grande déception, je découvrais également que la plupart des auteurs majeurs de notre littérature véhiculaient une morale suspecte. Avec stupeur j'apprenais que même des écrivains se disant catholiques, comme François Mauriac, étaient à l'Index.

Mon désappointement augmentait semaine après semaine. Où donc logeaient les connaissances ? Dans quelles écoles ? Dans quelle ville ? Dans quel pays ? Était-il possible qu'elles se trouvent ailleurs ? Était-il possible qu'elles existent en dehors de l'Église catholique, dans les ouvrages interdits par les évêques ? Dans ce cas, je n'y aurais jamais accès. Je décidai de consulter un prêtre afin qu'il me guide et m'éclaire. Cette démarche demandait du courage. Elle signifiait que je me soumette à des face à face avec un homme à qui je confierai les secrets de mon âme inquiète. Je perdrais l'anonymat du confessionnal qui facilitait l'aveu des gros péchés.

Notre école se situait à proximité d'une résidence de jésuites. J'appris cette année-là que ces pères, les «s. j.», étaient les plus instruits de tous les prêtres et que nous ne pouvions les consulter que pour un problème grave, les vicaires de la paroisse suffisant pour les directions spirituelles ordinaires. Seul un «s. j.», me dis-je, était qualifié pour répondre à mes questions. D'ailleurs, pourquoi moi, une jeune adepte du Saint-Esprit, devrais-je me contenter d'un simple prêtre lorsque j'avais les plus savants à portée de la main...

Il me fallut quelques jours pour trouver la force de me rendre à la porte de la grande bâtisse de brique rouge. Après une visite à la chapelle de l'école où j'allai chercher le souffle sacré, je me présente au portier de la résidence des jésuites.

«Je voudrais voir un père, s'il vous plaît, dis-je au garçon d'une vingtaine d'années qui faisait office de réceptionniste.

— Lequel? répond-il en me jetant un regard indifférent.

— N'importe lequel.»

De la main il m'indique le parloir, une série de petites pièces minuscules séparées les unes des autres par des cloisons de verre opaque. J'entre dans l'une d'elles au hasard. L'odeur du cigare froid me lève le cœur, mais je suis si impressionnée que je n'ai pas la hardiesse de changer d'endroit.

J'entends le portier appeler à l'interphone: «Le père Barnabé est demandé au parloir», et je sais que mon destin spirituel passera désormais par ce nom. Assise inconfortablement sur ma chaise, les jambes serrées, les mains réunies sur les genoux, la droite reposant dans la gauche comme on me l'a appris au cours de bienséance, j'attends qu'arrive un des plus instruits des représentants de Dieu. De longues minutes s'écoulent durant lesquelles je récite plusieurs « Notre Père ». Soudain, un pas résonne au loin dans le corridor. Je me lève d'un bond. Je m'aperçois que j'ai oublié dans mon énervement d'ouvrir mon manteau pour qu'il voie mon uniforme. Je n'ai pas sitôt fini de me déboutonner qu'il entre dans la pièce.

Il est trop grand, trop maigre, sa soutane est malpropre, et il a les doigts de la main droite jaunis par la cigarette. Il me salue froidement et s'assoit sans m'offrir un siège.

« Que puis-je faire pour vous ? » me demande-t-il sèchement.

Debout devant lui, je m'entends lui dire :

« Je suis étudiante à l'école d'à côté. Dans mon cours de religion, je pose des questions sur la foi, et la sœur ne peut pas me répondre. Je pense que j'ai besoin d'un directeur spirituel.

— Quel âge as-tu ?

— J'ai douze ans, je vais avoir treize ans dans trois mois.

— Tu peux t'asseoir. »

Je m'installe sur le bord de la chaise. Je me sens prise au piège. Son ton me glace. Et, en me tutoyant, il me rapetisse. Néanmoins, je dois me rendre intéressante à ses yeux.

« Je crois que je doute de l'infaillibilité du pape, dis-je, renversée moi-même de l'énormité de mon propos.

— C'est une bonne question à se poser, répond-il, en se levant. Tu sais, ma petite fille, je suis un homme occupé. Je n'ai pas de temps à te consacrer. L'aumônier de ton école est là pour t'aider. Dans quelques années, si ces choses-là te tracassent encore, tu reviendras me voir. »

Et il sort en me laissant en plan. Figée, j'attends que son pas se perde au fond du grand couloir sombre pour reprendre mes esprits. Plusieurs fois, dans les jours précédents, je m'étais imaginé cette rencontre : accueil chaleureux, conversation longue et profonde sur l'état de mon âme et, pour terminer, une confession libératrice. Or, je viens d'essuyer un refus et quel refus ! Je me hais de m'être mise dans cette situation. J'en veux à ce père Barnabé de m'avoir ridiculisée. Et, surtout, je suis bouleversée car j'établissais un lien étroit entre la croyance et les comportements, et je viens d'être à la fois témoin et victime d'une action blâmable. Je marche vers la maison, la gorge serrée. Décidément, je suis seule au monde.

Durant quelque temps, je ne pus passer devant la résidence des pères jésuites sans un pincement au cœur. Je savais qu'habitait là un prêtre indigne de sa vocation. En continuant de lui garder rancune, je finis par me sentir coupable. Lors de la confession suivante, je m'accusai d'avoir péché gravement contre la foi.

« Doutez-vous de Dieu ? me demanda le confesseur.

— Oui », mentis-je.

Il était plus simple d'admettre un doute au sujet de Dieu que d'expliquer mon scepticisme au sujet des « s. j. ».

Au deuxième semestre, j'améliorai quelque peu mes résultats scolaires, fruit de mes lectures parallèles qui me permettaient d'apporter à mes devoirs une touche originale. Je jouais avec le feu, et cela me plaisait. Car originale signifiait différente et différente se rapprochait de divergente. Être divergente s'interprétait comme s'opposant à l'autorité, et toute autorité originant de Dieu, Il devenait la cible ultime.

Nous avions atteint l'âge où les religieuses transféraient

aux prêtres notre éducation morale. La présence de l'aumônier dans l'école devint permanente. Les rebuffades du père Barnabé ne m'avaient pas jetée pour autant dans les bras de ce prêtre, car je ne lui trouvais pas l'air assez mystique. Il célébrait régulièrement la messe dans notre chapelle, écoutait les confessions et recevait dans un petit bureau à côté de la sacristie. Je le voyais, à travers la porte vitrée, lisant son bréviaire dans l'attente d'élèves qui se faisaient rares. Il était ennuyeux dans ses sermons et, contrairement aux prédicateurs que je connaîtrai plus tard, n'avait qu'un intérêt secondaire pour le péché d'impureté. Son grand thème, c'était l'orgueil. Il venait nous en parler une fois par semaine durant une heure. Notre titulaire l'ayant sans doute informé de mes écarts de pensée, il ne cessait de chercher mon assentiment en parlant devant la classe.

« Comment pouvez-vous échapper aux tentations de Satan quand le Christ lui-même y a été soumis ? A votre âge, l'âge de la remise en cause, plusieurs d'entre vous vivront des doutes sur leur foi. Ces questions qui vous viendront en tête, trop souvent le diable vous les inspirera. Méfiez-vous. Soyez sur vos gardes. Sachez qu'une curiosité trop grande, qu'un besoin de tout comprendre peuvent être l'expression de l'esprit du mal qui vous habite sans que vous en soyez consciente. »

J'avais de la difficulté à trouver des arguments valables à lui opposer, car nous avions le droit de lui poser des questions durant ces leçons. Je me taisais de plus en plus, semaine après semaine. Le jour où il affirmera que nous devions remercier Dieu d'être femmes car nous étions davantage protégées contre l'orgueil, « ce péché mâle », je fus secouée. Nous étions par nature plus concrètes que les garçons, nous dit-il. C'est pourquoi ces doutes sur Dieu, raisonnements abstraits, n'atteignaient pas chez nous l'intensité qu'on retrouvait chez eux. Le péché d'orgueil représentait une lutte de pouvoir entre Dieu et Sa créature et nous avions la chance immense, attachée à notre sexe, d'être plus soumise face à l'autorité et de ne désirer atteindre le pouvoir que rarement. Voilà pourquoi les chefs d'État, les millionnaires et les philosophes étaient tous des hommes. Il nous faudrait veiller à ne pas attiser les ambitions de nos maris tout en s'assurant de ne pas y mettre un frein. Sages, attentives, nous écoutions cet aumônier sans protester, sans manifester un soupçon de révolte. Nous nous sentions suffisamment accablées par le nombre de péchés à éviter que nous recevions comme une bénédiction le fait d'être à l'abri de péchés mortels supplémentaires à cause de nos gènes. Comme je doutais de ma normalité en tant que fille — je n'avais ni seins, ni hanches, ni règles —, cette déclaration augmenta mes inquiétudes. Puisque je me posais ces questions abstraites sur la foi, cela signifiait peut-être que j'avais aussi un cerveau de garçon. Je me mis à broyer du noir. Notre déménagement dans un autre quartier vint me distraire de ces pensées.

Quitter le logis de mon enfance m'apparut d'abord comme un signe de mobilité sociale. Nous allions plus au nord de la ville, dans un appartement récemment construit qui nous servirait de transition avant l'achat de notre propre maison. Plusieurs de mes nouvelles compagnes de classe habitaient ce quartier tout neuf dont chaque maison possédait un jardin. Le jour où les camionneurs vinrent vider notre logement, je m'enfermai dans ma chambre nue, si petite sans le lit et la commode que je ne la reconnaissais déjà plus. Assise par terre, adossée au mur, je regardai autour de moi. Ici j'avais été triste, j'avais connu la frayeur, j'avais prié avec ferveur et j'avais éprouvé des moments de joie gratuite. Que resterait-il des traces de mon passage ? Je n'avais que mes souvenirs et je partais avec eux. Je cherchai des yeux un point quasi invisible sur le plancher. Je le fixai durant plusieurs secondes en me disant que personne d'autre que moi ne le verrait. Puis je détournai le regard et, quand j'examinai de nouveau la surface du sol, je fus incapable de retrouver la marque. Je tentai une autre fois l'expérience, rien n'y fit. J'étais soulagée. Jamais les nouveaux locataires ne prendraient totalement possession de ma chambre. Elle m'appartenait pour l'éternité.

Je m'étais imaginé qu'en changeant de demeure, nous changerions d'ameublement. Il n'en fut rien, mon père refusant de débourser le moindre sou. Mais ma déception fut encore plus grande en découvrant que l'appartement dans lequel nous emménagions se situait dans la partie industrielle du beau quartier, entourée d'usines, près d'une voie ferrée. Le jardin n'était qu'un terrain vague où poussait du chiendent. Nous habitions un rez-de-chaussée sombre, et la chambre que je devais partager avec ma sœur se trouvait au fond d'un salon double, sans fenêtre ni porte. Je perdais ainsi le peu d'intimité que j'avais eu jusqu'alors.

« C'est provisoire, nous assura ma mère. L'an prochain nous aurons notre belle et grande maison. »

Au-dessus de nous, logeait une famille de cinq enfants. Le soir de notre arrivée, on entendit un vacarme suivi de cris étranges. Le lendemain matin, ces mêmes cris m'éveillèrent brusquement. Il en fut ainsi toute l'année. Car, dans cette famille, l'aîné, âgé d'une trentaine d'années, était un dément.

Agité et craintif, il me terrorisait car il passait ses journées, été comme hiver, assis dans une chaise berçante devant la maison. Il se balançait d'un mouvement saccadé d'avant en arrière en secouant son sexe au même rythme que son corps. Lorsque je le croisais, il m'invitait à lui caresser la chose en me promettant la pareille. Certains jours, où il semblait plus perturbé, je retraitais devant l'entrée et je m'enfuyais vers l'arrière de la maison. Il me courait après en grimaçant et en me criant qu'il ne voulait pas me faire du mal. J'organisais mes allées et venues quand je le savais à l'intérieur du logis. Je terminai cette année scolaire sans soulagement. Je préférais aller en classe plutôt que de vivre emprisonnée. Au cours du semestre, je m'étais liée d'amitié avec une compagne encore plus jeune que moi, qui avait l'allure d'un garçon manqué. Les grandes vacances, je les vécus avec elle autour de la voie ferrée. Nous avions repéré très vite l'horaire de passage des trains. Quelques minutes avant l'arrivée, nous nous cachions, accroupies dans les interstices du pont métallique enjambant une autre voie. A moins d'un mètre des rails, les wagons défilaient devant nous dans un bruit infernal. Nous étions secouées, et plus le train était long, plus les secousses étaient violentes. A certains moments, je ne savais plus identifier l'extrême sensation que j'éprouvais, le plaisir aigu et la peur panique se confondaient. J'oubliais ainsi mes échecs scolaires, mon voisin fou et les embûches dont Satan encombrait ma route vers Dieu.

9

Depuis la première année de classe, le mois de septembre m'avait toujours remplie d'excitation. Or, cette rentrée en deuxième lettres-sciences me laissait indifférente. A treize ans, je me retrouvais dans les limbes, sans goût pour l'étude, sans envie d'apprendre, et sans énergie pour me battre. La nouvelle responsable de la classe, sœur Sainte-Rose-de-Lima, adorait ses élèves, débordait d'enthousiasme et riait de tous nos bons mots. Mais son enseignement ne comblait aucune de mes espérances. J'aimerai donc aller en classe sans aimer l'école.

Quelques compagnes prétendaient lire durant les week-ends ces ouvrages osés qu'elles dénichaient dans la bibliothèque de leurs parents. L'une d'entre elles avait ainsi mis la main sur *les Jeunes Filles* de Montherlant. Elle nous apprit que cet auteur nous comparait à des grenouilles lorsque nous faisions l'amour. J'ignorais encore comment on y parvenait, mais l'idée qu'on pût ressembler à ces affreuses bêtes me confirmait à quel point ces actes nous dégradaient. Comment ces compagnes pouvaient-elles lire pareilles horreurs qui leur faisaient perdre l'état de grâce ? Et pourquoi des auteurs prétendant croire en Dieu comme ce Montherlant écrivaient-ils de telles choses? Comment pouvait-on avoir en tête à la fois Dieu et le mal? Personnellement, je luttais de toutes mes forces contre les pensées impures qui m'effleuraient l'esprit, ces pensées où je me voyais embrassant un garçon sur la bouche. Mais le combat devenait difficile car les cours de morale me fournissaient de plus en plus de matière pour pécher.

Quelques semaines après la rentrée, une journée consacrée à la réflexion spirituelle nous obligea à plonger en nous-mêmes. Elle débuta par une lecture pieuse, suivie de la méditation en groupe à la chapelle. Puis vint le moment tant attendu : le sermon prononcé par un vicaire d'une paroisse avoisinante, dont la réputation dépassait déjà le quartier. C'était un spécialiste du thème de la pureté. J'en avais entendu parler par ma mère, car ses retraites du carême étaient fort courues. Nous avions maintenant l'âge d'assister à ses prédications. Pour nous, il choisirait sans doute la plus inoffensive de son répertoire. On nous avait réunies dans un local trop petit où, entassées les unes sur les autres, nous attendions, énervées, son arrivée. Des rires étouffés se faisaient entendre et nous nous regardions avec une sorte de malaise, comme si nous allions assister à une séance indécente. Dès que le fameux abbé pénétra dans la salle, les religieuses quittèrent les lieux. Cette éducation sexuelle relevait des prêtres. Assise au premier rang, je désirais à la fois rester et sortir. J'avais peur de ce que j'entendrais.

Le vicaire était beau et contrairement à beaucoup de ses confrères, avait une allure virile. Du bout de ses chaussures, il relevait sa soutane en marchant, comme s'il souhaitait s'en débarrasser. Sa montre et ses boutons de manchettes en or témoignaient de son aisance. Il roulait en Chrysler, jouait au golf et descendait en Floride durant l'hiver. C'était un prêtre «à la mode».

A la demande de la sœur, nous avions préparé des questions qu'elle avait déposées dans une boîte sur le bureau. En déformant mon écriture pour ne pas être reconnue, j'y avais glissé la mienne: «Tous les baisers sont-ils péché?»

Lorsque l'abbé retira le couvercle, je fus surprise de constater que nombre de petits papiers pliés avaient été enlevés du contenant. Les sœurs avaient donc fait le tri de nos questions. Cela me rassura, car je ne souhaitais pas entendre des choses trop osées.

«Mes chères grandes filles, vous arrivez à l'âge des préoccupations physiques. Votre corps grandit et il se transforme. Vous êtes maintenant des petites femmes, et les garçons ne vous regardent plus avec les mêmes yeux. Vous avez dû vous en rendre compte. C'est normal qu'il en soit ainsi mais il est important que vous sachiez vous comporter en leur présence. Au nom de l'amour, ils veulent s'approcher de vous, ils désirent vous toucher et même vous caresser. Retenez ceci: seuls ceux qui vous respectent vous aiment. Les autres ne veulent qu'abuser de vous.»

Puis le prêtre retira un premier papier de la boîte et lut: «Les baisers prolongés sont-ils péché mortel?» Je n'étais donc pas la seule à m'interroger là-dessus. Il sembla satisfait de la question et se lança dans un exposé détaillé sur les degrés de péché des différents baisers. J'appris ce jour-là et pour la vie une classification qui me sera d'un grand secours par la suite: il existait des baisers courts, des baisers longs et des baisers mouillés.

«Une jeune fille digne de ce nom ne donne jamais de baiser à un garçon. Elle en reçoit. Ainsi, elle en contrôle l'évolution.»

Les baisers courts soulevaient peu de problèmes de conscience. Ils ne constituaient pas un péché, sauf lorsqu'on les acceptait sans éprouver d'amour réel. Alors, il y avait faute vénielle, comme dans le cas des baisers longs, fortement déconseillés.

«Ces baisers représentent un danger. Plus ils durent, plus ils provoquent l'envie de passer à une autre étape. Mes chères filles, la sagesse vous invite à vous y soustraire.»

Le grand débat se situait de fait autour des baisers mouillés. Ceux-ci étaient totalement répréhensibles. Mais toutes les filles savaient que les prêtres divergeaient d'opinion sur la gravité du baiser mouillé la bouche fermée. Était-ce péché véniel ou péché mortel? La réponse variait selon l'ouverture d'esprit du confesseur.

«Ce baiser, c'est la zone grise. En vous laissant embrasser de la sorte votre volonté se ramollit. N'attendez pas de moi que je vous rassure par une réponse tranchée. Au moment où vous posez cet acte, vous seules savez si votre cœur déserte Dieu.»

Ne se prononçant pas sur la nature de la faute ce prêtre nous plaçait dans une position intenable. A l'école primaire, l'enseignement religieux ne faisait place à aucune interprétation. Tout était noir ou blanc. Cela nous rassurait et nous simplifiait la vie. Et voilà que nous avions maintenant trois options: choisir un prêtre pour qui cette manière d'embrasser constituait un péché mortel et, en se confessant à lui, se sentir déculpabilisées. Ou avouer cet acte à un confesseur «large d'esprit» qui n'y verrait qu'une faute légère, mais risquer ainsi d'éprouver de la culpabilité après coup. Ou décider soi-même, comme nous le proposait l'abbé, de la perte possible de l'état de grâce, et ressentir un déchirement intérieur constant. Je n'étais pas de celles qui embrassaient les garçons les fins de semaine, mais parce que, en pensée, je le désirais, je n'échappais pas à ce dilemme. En imaginant le baiser mouillé d'un garçon dont je ne pouvais dessiner les traits, n'en connaissant aucun sur qui jeter mon dévolu, commettais-je une mauvaise pensée vénielle ou mortelle ? Je vivais quotidiennement avec cette obsession.

Le seul baiser à provoquer une désapprobation unanime des autorités, c'était le *french-kiss*, cette façon dont on s'embrassait en France et qui me répugnait par son aspect antihygiénique. J'étais convaincue de ne jamais m'y soumettre. Sur ce baiser mouillé la bouche ouverte, l'abbé s'étendit longuement :

« Non seulement vous perdez l'état de grâce, mes grandes filles, mais vous perdez également un peu de votre dignité de femme. Les garçons qui exigent de vous cette preuve d'amour sont des émissaires de Satan. De plus, n'oubliez jamais qu'il est interdit de faire, en haut, ce qu'il est interdit de faire en bas. »

Cette phrase prononcée lentement avec insistance provoqua un émoi dans la salle. Certaines élèves paraissaient atterrées. Pour ma part, je n'en saisissais pas le sens. Je comprenais, par la réaction de mes compagnes, qu'elle avait une signification terrible. Si les langues se touchaient « en haut », qu'est-ce qui se touchait « en bas » ? En sortant de cet incroyable sermon, je n'osai interroger des compagnes. J'évitais ainsi qu'elles ne découvrent mon ignorance de la Chose ou qu'elles ne m'apprennent ce que je préférais ne pas savoir.

Plus nous réagissions à ses propos, plus l'abbé semblait satisfait. Il souriait, fier de lui.

« J'aurais bien d'autres choses à ajouter, mais plusieurs

d'entre vous sont trop jeunes pour les entendre. Les plus âgées peuvent toujours venir me voir à mon bureau. Mes belles grandes filles, je veux conclure cet exposé par une simple phrase: "Seul le Christ est digne de votre bouche"...»

Je n'avais aucun doute là-dessus. L'hostie que je recevais à la communion me procurait une joie d'autant plus intense que le danger d'un sacrilège y était associé. En effet, on nous avait raconté, en classe, l'histoire de cet enfant qui, défiant l'avertissement du prêtre, avait mordu l'hostie en revenant de la sainte table. Instantanément le sang du Christ lui avait rempli la bouche. Je ne communiais jamais sans cette histoire en tête. J'avais un mouvement précis de la langue pour empêcher le pain sacré d'effleurer mes dents. Je pratiquais même ma technique en mangeant des retailles d'hosties que j'achetais à la livre chez les religieuses cloîtrées qui les fabriquaient. J'aimais le goût fade de ce pain sans levain que je pouvais mâcher sans problème puisqu'il n'était pas consacré. Mon plaisir était indicible. La bouche pleine, un doute exquis m'envahissait parfois. Et si par hasard, me disais-je, ces morceaux se consacraient d'eux-mêmes? Les sensations fortes que me procurait cette pensée valaient cent fois, j'en étais sûre, celles que m'aurait communiquées un garçon me mouillant les lèvres de sa salive.

Durant des jours, ce sermon fut au centre de nos conversations. Entre les thèmes latins, les syllogismes — «l'homme est un animal, le cheval est un animal, donc l'homme est un cheval» —, et les CQFD des théorèmes, le *french-kiss* se faisait omniprésent. Je lui préférais les lévitations de sainte Thérèse d'Avila et je passai de longues périodes à la chapelle dans l'attente d'un miracle. J'espérais que ma foi fervente me permettrait enfin de m'élever au-dessus du commun comme la grande mystique, mon modèle. Ainsi, les baisers et autres contacts physiques vulgaires ne seraient jamais mon lot.

Mon amoureux de la communion solennelle avait lui aussi entrepris des études classiques, chez les sulpiciens. Je le rencontrai un jour dans la rue. En me voyant, il rougit. Puis il se mit à bafouiller, alors que je m'informais de lui. J'en perdis mon assurance et je ne pus continuer la conversation. Ainsi disparut de ma vie le seul garçon susceptible de succomber à mes charmes. Avec mon amie de l'été, je me lançai donc à corps perdu dans les sports masculins. Les week-ends, nous jouions au base-ball, au softball et au football. Seules filles dans cette bande de garçons, nous nous moquions avec eux de celles qui assistaient à nos jeux et qui se languissaient d'amour pour certains coéquipiers.

Cela ne les empêchait pas de repartir avec elles main dans la main après chaque partie. Avec un pincement au cœur, nous les regardions s'éloigner. Souvent, nous nous rendions sur notre pont métallique où les trains étaient toujours au rendez-vous.

J'avais une liberté que m'enviaient beaucoup de compagnes. Je passais de plus en plus de temps à l'extérieur de chez moi. Ma mère ne protestait que rarement contre mes absences, sachant combien la vie à la maison m'était insupportable. Je n'avais ni intimité dans cette pièce qui me servait de chambre, ni tranquillité, tout le monde se tenant dans la cuisine autour de la table sur laquelle j'aurais pu travailler. J'acceptais donc toutes les invitations des compagnes, et c'est ainsi que je me trouvai deux amies dont j'adoptai, en quelque sorte, les maisons.

Mon amie Agnès habitait une demeure cossue entourée

d'arbres. Son père était médecin, et sa mère s'occupait d'œuvres pieuses et d'activités artistiques. La première fois que j'entrai chez elle, je me crus au cinéma. La maison spacieuse était remplie de meubles d'époque. Chaque enfant possédait sa propre chambre, et celle d'Agnès, immense, avait un lit à baldaquin. La pièce qui m'impressionna plus que toute autre fut la bibliothèque. Je n'aurais pas cru que des particuliers puissent posséder autant de livres. Les quatre murs en étaient recouverts du plafond au plancher. Je sus que cette richesse représentait mon salut ; je lirais tout, du premier au dernier ouvrage. Mais c'était compter sans la mère qui classifiait ces trésors selon une morale à peine moins rigide que celle des autorités religieuses.

Certains rayons étaient réservés aux jeunes. C'est là que se trouvait la collection complète des œuvres de cette omniprésente Berthe Bernage. Mon amie raffolait de ces histoires, et son enthousiasme me décevait. Comme je penchais plutôt pour les romans de la collection « Signe de piste », son frère, à peine plus âgé que nous, me les prêta non sans manifester de la surprise.

« Ce n'est pas mes sœurs qui liraient ça », dit-il en empilant les livres dans mon cartable.

Il avait une allure qui me plaisait. Il ne souriait jamais, allait à la messe tous les matins, et se classait premier au collège. Contrairement aux autres garçons, il n'avait pas de boutons sur la figure, et son regard était pur. En lisant ses livres, je me sentais proche de lui et chaque fois qu'Agnès m'invitait chez elle, je rêvais de l'apercevoir. La plupart du temps, il restait enfermé dans sa chambre. Lorsque j'avais la chance de manger chez eux, on me plaçait en face de lui, et j'en perdais l'appétit. Ces repas en famille, je n'y étais pas habituée. La mère apportait sur la table les plats que le père servait en devisant avec chacun. Les blagues fusaient, mais souvent la conversation prenait un ton sérieux. C'est au cours de ces dîners que j'appris l'existence de la guerre froide.

« Il faut éviter à tout prix un affrontement avec les Russes, répétait le père. Avec Staline, on peut s'attendre à tout. Tuer des gens, ça ne le gêne pas. »

On récitait toujours le bénédicité avant de manger, et il arrivait fréquemment que l'un ou l'autre des membres de la famille aborde les questions religieuses. On critiquait le comportement de certains prêtres qui vivaient dans le faste et l'on regrettait l'absence de piété réelle de certains professeurs religieux. J'écoutais, avec grand étonnement, ces catholiques engagés qui émettaient des jugements si libres sur le clergé. La seule personne à se l'être permis, c'était mon père, un incroyant. Comment blâmer, pour leurs propos, ces parents modèles qui recevaient parfois dans leur maison un évêque connu ?

Nous profitions, Agnès et moi, des occasions où nous étions seules dans la grande demeure pour lire des pages de livres interdits. Il y en avait plusieurs, dissimulés derrière les rayons. C'était des ouvrages d'éducation sexuelle aux titres attirants : *Ce que toute jeune fille devrait savoir, Ce que tout jeune homme devrait savoir, l'Épanouissement physique du couple chrétien.* Assises par terre, près de la porte afin de parer à l'arrivée intempestive de la mère, nous parcourions nerveusement ces volumes qui nous laissaient sur notre faim. Car les descriptions étaient si générales, le style si ennuyeux et le vocabulaire si abstrait qu'il nous était impossible de comprendre ce dont il était question. Comme s'ils avaient été écrits précisément pour empêcher ceux qui les liraient en cachette de les déchiffrer. Nous nous rabattrons donc sur les romans à l'Index; ceux de François Mauriac, le «dangereux», de Julien Green, le «trouble» et d'Henry de Montherlant, l'homme aux grenouilles. En feuilletant au hasard, nous ne trouvions rien d'affriolant. C'est, en fait, le dictionnaire en six volumes qui devint notre instrument privilégié d'apprentissage de la vie. La description détaillée et amorale de certains mots osés comme verge, cul, putain, bordel, leur donnait une légitimité grammaticale qui confirmait leur existence. Pour découvrir des mots chocs que nous ignorions, nous passions des heures à parcourir du doigt, colonne après colonne, les tomes du dictionnaire. Au bout de quelques semaines, arrivées à la lettre F, nous n'avions élargi que fort peu notre vocabulaire obscène. L'immensité de la tâche nous apparut disproportionnée à l'efficacité du résultat, et nous décidâmes d'abandonner nos recherches.

Je dormais parfois chez Agnès. Après le dîner, nous nous enfermions à clef dans sa chambre et nous parlions de la vie. Pour la première fois, j'osai confier à quelqu'un mon secret sur l'incroyance de mon père. Mon amie en fut moins choquée que triste. Elle me promit de prier pour sa conversion. Comme je me sentis allégée! Non seulement ma chère compagne ne me jugeait pas, mais elle me témoignera encore plus d'amitié dans l'avenir. Ainsi, elle me révélait que j'existais et qu'elle m'appréciait pour ce que j'étais et non pas, comme je l'avais toujours cru, pour ma famille.

Après nos longues conversations, nous descendions souvent à la cuisine pour grignoter quelque chose avant de nous mettre au lit. En traversant le corridor, j'apercevais parfois les parents assis côte à côte, main dans la main, dans la salle de séjour où ils regardaient la télévision. Cette image d'un couple uni m'attendrissait et m'inquiétait à la fois. Pourrais-je atteindre, moi aussi, cet état de grâce marital ? Un jour, un homme, un vrai, un doux, s'intéresserait-il à moi ? Accepterait-il de sacrifier son instinct de mâle ? Serait-il possible de vivre avec lui sans me soumettre à l'œuvre de la chair ?

Un soir, alors qu'Agnès était au téléphone, son frère m'invita dans sa chambre afin de me montrer sa collection de timbres pour laquelle j'avais feint un intérêt passionné. Il s'assit sur son lit et m'invita à m'asseoir à ses côtés. Ma cuisse frôlait la sienne et, en me penchant vers l'album posé sur ses genoux, je respirais son souffle. Volubile, il m'expliquait la valeur de tel ou tel timbre et souriait aux anges chaque fois que je m'exclamais sur la beauté de ces petits papiers ridicules. Je me sentais transportée. Lorsque sa sœur vint rompre le charme, quelques minutes me furent nécessaires pour revenir sur terre. Je n'avais jamais éprouvé une telle émotion en présence d'un garçon. Cette fois, j'avais la conviction que mon trouble ne pouvait être péché. Je savais le frère d'Agnès pieux, et c'était la garantie de la qualité de ses mœurs. Je croyais fermement que tout autre garçon se serait jeté sur moi dans la chambre, et j'interprétai sa réaction comme un signe divin. La trempe de son âme ressemblait à la mienne. Nos routes se croisaient. Nous viserions ensemble l'idéal de Fustel de Coulanges, la fusion des esprits par l'abandon des plaisirs corporels. Enfin, j'étais normale ! Enfin, j'étais amoureuse !

Je n'avouai à personne, et surtout pas à sa sœur, mon nouveau secret. Chaque jour, je demandais à Dieu d'exaucer mon vœu : rendre ce garçon fou d'amour pour moi. Deux ou trois fois par semaine, je me rendais chez Agnès sous prétexte d'étudier mais, hélas, la plupart du temps, l'élu de mon cœur était invisible. Lorsque je mangeais chez eux et que je me retrouvais face à lui, j'essayais de transférer dans mon regard ce qu'il m'était impossible de lui dire avec des mots. Parfois, il me regardait, longuement me semblait-il, mais sans que je puisse capter les vibrations amoureuses que je souhaitais provoquer en lui. Son père prenait plaisir à me taquiner. Depuis le jour où j'avais mâchouillé les feuilles entières d'un artichaut. Dans cette famille, on connaissait l'Europe et on mangeait des plats français. J'appris à me servir de couverts et à boire du vin sec pendant le repas. A la maison, en de rares occasions, nous buvions du Martini Rossi avec la viande, et cela me levait le cœur. Chez Agnès, tout le monde s'amusait gentiment de mes découvertes alimentaires et riait de mes reparties avec le père. Sauf le frère qui, lui, ne réagissait guère.

Enfin, un soir, il me raccompagna à l'autobus. Tout au long du parcours, il me parla d'un poète inconnu, José Maria de Heredia, qui avait écrit une œuvre magistrale, *les Trophées*. Il m'en récita quelques strophes, je ne sus que dire. Je n'y comprenais rien :

« Je peux te prêter un de ses livres. Par la suite, nous pourrons en discuter ensemble.

— Oh ! oui, répondis-je aussitôt. J'ai l'impression qu'il nous faudra des heures de discussion. »

Il se tut. Incapable de tolérer le silence qui s'installait, j'ajoutai, maladroitement :

« J'habite loin de chez vous, hein ?

— C'est relatif... »

L'autobus arriva. Je montai à bord comme une automate. « Relatif ». J'ignorais ce mot. Que voulait dire : « C'est relatif» ? Était-ce un compliment ou un reproche ? Je me répétais la phrase, tentant de me rappeler l'intonation avec laquelle il l'avait prononcée. Une fois à la maison où tout le monde dormait déjà, je cherchai à tâtons, dans le noir, le vieux dictionnaire, l'unique livre que nous possédions. Je trouvai «relatif», mais la définition qui y était accolée m'apparaissait aussi abstraite que le mot lui-même. Était-ce donc, pour lui, une façon spéciale de me dire que je ne le laissais pas indifférent ? Je m'endormis avec cette pensée. «C'est relatif» entra dans mon vocabulaire. Je l'utilisais constamment dans mes conversations, jusqu'au jour où une compagne plus savante s'aperçut de ma méconnaissance. «Combien êtes-vous d'enfants dans ta famille ?» m'avait-elle demandé. «C'est relatif», avais-je répondu. Elle avait bien ri de moi.

Je lus *les Trophées*. Je les relus. En dépit de ma volonté de m'enthousiasmer, je fus incapable de me découvrir une affinité avec cette sorte de poésie. Je préférais celle de Victor Hugo, et je le dis à mon soupirant. Tout en marchant, encore une fois vers l'arrêt d'autobus, il me regarda, l'air blessé et déçu à la fois :

«C'est dommage. J'avais le sentiment que tu pourrais saisir la profondeur de cet homme. Je me suis sans doute trompé. Tu dois être trop jeune...»

Trop jeune ! J'étais indignée ! Savait-il seulement que, chaque soir, je m'endormais en pensant à lui. Que, le matin, je l'imaginais à la sainte table, communiant avec ferveur. Et il avait l'audace d'affirmer qu'il s'était trompé sur mon compte ! Pour qui se prenait-il, ce garçon de quatorze ans qui n'avait pas souffert une minute de sa vie, enfermé dans sa belle maison, entouré de parents qui ne l'avaient même jamais traité de «maudit fou» ou «d'espèce de cave».

Je bouillais de rage. Il bafouilla quelques mots et repartit, me laissant seule dans cette nuit glacée de novembre.

Durant les jours qui suivirent, ma colère céda la place à la tristesse. Comme toujours dans ces moments-là, je recourus à la prière. Je déclinai invitation après invitation de la part d'Agnès ; elle finit par exiger une explication. Je restai muette, mais j'éclatai en sanglots.

« Qu'est-ce que t'as ? Qu'est-ce que t'as ? » répétait-elle.

Puis elle comprit.

« C'est mon frère. Oui, j'en suis sûre, c'est à cause de mon frère. Mais, pauvre de toi, il va devenir prêtre. Il s'appelle "Touches-y pas". Que j'ai été bête ! Il devait croire que je t'avais avertie. Dans la famille, tout le monde est au courant. »

Le soir même, je dînai chez elle, J'avais retrouvé ma bonne humeur et, lorsque mon idole se présenta à table, je le gratifiai d'un sourire admiratif. Un jour, peut-être me confesserais-je à lui, peut-être communierais-je de ses mains. Ce garçon assis en face de moi n'appartenait déjà plus tout à fait à la race des humains.

Au cours du semestre, je me liai également d'amitié avec Claudia, une compagne d'origine italienne, délurée et généreuse. Elle réussissait bien en classe et se moquait allègrement des sœurs, tout en étant polie avec elles. J'admirais ce tour de force. Après quelques semaines, nous étions devenues suffisamment proches pour qu'elle m'invite chez elle. Durant des années, sa maison deviendra mon principal refuge. Chez Agnès, j'étais toujours un peu guindée. Certes, ses parents m'accueillaient chaleureusement, me témoignaient de l'affection, mais je craignais sans cesse de n'être pas dans le ton. Ce qui me portait, par exemple, à parler à voix basse lorsque j'entrais dans leur riche demeure. Pour tout dire, l'effort que je fournissais pour paraître naturelle me pesait. Chez Claudia, au contraire, régnait un joyeux désordre. La première fois que je me rendis chez elle, j'entendis des chants avant même de pénétrer dans le bungalow, confortable mais simple. C'était un dimanche et, autour de la table encore dressée à quatre heures, ses parents, des tantes et des oncles entonnaient une chanson, la vingtième sans doute de l'après-midi. Claudia me présenta, et j'écoutai avec surprise et plaisir ce concert improvisé. En mon honneur, on reprit *Santa Lucia*, la seule chanson italienne que connaissaient les Canadiens français. J'étais charmée. Un peu plus tard, son père se mit aux fourneaux, et bientôt la table fut recouverte de nourriture. Je goûtai à mon premier saucisson sec, à mes premières pâtes fraîches et à un fromage à l'aspect rebutant, parsemé de petites taches vertes qui me faisaient croire qu'il était pourri. C'était du gorgonzola. Je dévorai tous ces nouveaux mets sous les applaudissements de mes hôtes qui me forcèrent à arroser le tout d'un vin de leur fabrication, qui goûtait le jus de raisin. Après quelques verres, on dut m'étendre dans le lit de Claudia, et je sombrai dans le sommeil en entendant les rires de ces adultes heureux.

J'appris beaucoup en fréquentant sa famille. J'évitai désormais de confondre le nord et le sud de l'Italie. C'était deux pays, et les parents, nés au nord, se vexaient que les Canadiens français ne fassent pas la distinction. Je découvris surtout que Mussolini n'était pas ce héros cité en exemple à l'école. Il avait été l'allié de Hitler, et le père de Claudia n'en parlait qu'en serrant les dents. Un jour, pour leur faire plaisir, je chantai un couplet qu'on m'avait appris à l'école primaire dans un cours de solfège. «*Giovinezza, Giovinezza, primavera di belleza.*» J'étais fière de ma trouvaille. Je souriais. Je vis blêmir les parents. Le père de Claudia m'expliqua que ce chant les blessait énormément. C'était un air fasciste, et les fascistes avaient tué des membres de sa famille pendant la guerre. Il était atterré qu'à l'école une maîtresse nous ait enseigné cette chanson. Cet incident me confirma à quel point les connaissances étaient sujettes à caution.

La liberté de pensée, j'en fis l'apprentissage dans cette famille. Les parents assistaient à la messe dominicale, mais n'aimaient pas les «mangeurs de balustrade». Ils n'acceptaient pas non plus le contrôle que le clergé exerçait sur notre société, et la mère trouvait les sœurs trop ignorantes de la vie. Les bondieuseries l'agaçaient, et elle aurait préféré qu'on nous enseigne davantage de sciences, d'anglais et d'histoire moderne. Elle parlait de nous, les Canadiens français, comme d'un peuple trop bon, trop obéissant et trop naïf. A certains moments, j'avais l'impression qu'on lui faisait pitié. Au fond, la pensée des parents de Claudia rejoignait aussi celle de mon père, mais eux ne manifestaient ni hargne, ni mépris, ni rejet de ce que nous étions.

«Nous ne serons jamais considérés comme des Canadiens, ni par les Anglais ni par les Français, et c'est normal, on est des immigrants», assurait le père.

Ces propos me peinaient car, pour moi, ils étaient si peu des étrangers que c'est dans leur maison que je me sentais chez moi. Je songeais à toutes ces faussetés que l'école avait transmises sur les Italiens. Les bons, j'en étais maintenant assurée, c'était ceux qui avaient tué Mussolini, pas le contraire. Peu à peu, je défendis des points de vue opposés à ceux qu'on nous exposait en classe. Je glissais ainsi sur une pente dangereuse menant à la révolte.

Un samedi, Claudia me proposa de l'accompagner dans un café « spécial ». Elle me prêta un chemisier vert foncé en m'assurant que le mien, de couleur pastel, ne serait pas de mise à cet endroit. Elle-même emprunta une robe noire à sa mère et s'enroula un foulard rouge autour du cou. Où m'emmenait-elle ainsi ?

« Tu verras », fit-elle en souriant.

Nous descendions vers le centre-ville et, dans l'autobus, j'eus beau la menacer, elle refusa de me dévoiler notre mystérieuse destination. Je me retrouvai dans le quartier de la bohème, que je ne connaissais que de réputation, n'ayant jamais osé y mettre les pieds. Claudia me fit entrer dans un minuscule café situé au sous-sol d'un immeuble miteux. C'était *l'Épave*, quartier général des *beatniks*. Je voulus repartir, mais mon amie m'entraîna de force au fond de la salle obscure et enfumée. De jeunes échevélés vêtus de noir nous entouraient. Dans cet endroit, dénoncé dans nos écoles comme l'antichambre de l'enfer, on niait Dieu.

J'apercevais, dans la pénombre, des couples qui s'embrassaient longuement, la bouche entrouverte. Le péché mortel m'entourait de toutes parts et je n'avais qu'une envie : fuir, fuir ce lieu maudit et menaçant. Claudia ne l'entendait pas ainsi. Sirotant un café, elle jetait un regard amusé à nos voisins, deux garçons aux cheveux graisseux.

« Vous nous accompagnez au cinéma, vous et votre petite amie ? Enfin, si elle réussit à entrer sans qu'on lui demande sa carte d'identité. »

Claudia hésita. Je lui lançai un regard ahuri.

« Non merci, fit-elle. Nos compagnes nous attendent à la biliothèque municipale.

— Ah ! si vous êtes vierges et studieuses, on ne pourra pas vous convaincre. Ça c'est certain. »

J'étais scandalisée. Claudia perdit son aisance. Pour éviter de les entendre nous dire des mots obscènes, il fallait sortir vite...

Je jouai du coude à travers les couples enlacés et les garçons au regard lourd qui nous frôlaient effrontément. Une fois sur le trottoir, Claudia m'avoua qu'elle n'avait pas beaucoup aimé l'expérience. Ces *beatniks* ressemblaient trop à des voyous.

Elle les avait imaginés plus intellectuels. Quant à moi, j'étais bien prête à remettre en question les valeurs qu'on me transmettait. Mais à l'intérieur de l'école, entourée de l'affection des sœurs.

Cet été-là, nous déménageâmes dans notre propre maison, ni « belle » ni « grande », et ma grand-mère maternelle tomba gravement malade.

10

Je me rendais à l'hôpital à des heures où j'étais assurée d'être seule avec ma grand-mère. Je ne voulais pas de témoin à nos conversations. Certains jours, elle me confondait avec sa mère. D'autres jours avec elle, enfant. Quelquefois, elle me retrouvait, moi, sa petite-fille préférée. Et je ne savais jamais à l'avance lequel de ces rôles je personnifierais. Elle en décidait par la première phrase qu'elle prononçait en m'accueillant.

« Ah, "sa mère" vous êtes bien bonne de venir me voir.

— T'as l'air bien, ma fille, répondais-je. J'espère qu'on te soigne comme il faut ici. »

Je lui caressais le visage. Je lui caressais les cheveux, ces cheveux que je brossais avec tant d'attention, avant de nous mettre au lit, lorsque, petite, je dormais chez elle. Elle se plaignait doucement de son état, de son impuissance à se lever. Elle me demandait la permission d'aller à la laiterie, chercher un bol de crème fraîche qu'elle mangerait avec sa tartine au sucre d'érable. Je l'assurais qu'elle devait rester couchée, que sa rougeole guérirait bientôt. Qu'elle retournerait à l'école parce que la maîtresse l'attendait. Elle se calmait, murmurait : "Vous êtes bien bonne, sa mère", et replongeait dans ce sommeil étrange où je ne pouvais la rejoindre.

Parfois, quand je pénétrais dans la chambre, elle s'exclamait.

« Si c'est pas la petite Marie-Ève ! »

Marie-Ève, c'était ma grand-mère.

« J'arrive du coteau. J'ai cueilli des belles framboises. En voulez-vous "sa mère" ? lui demandais-je.

— J'ai pas faim. J'en mangerai plus tard ma petite Marie-Ève. »

On la nourrissait à l'aide d'un tube. Elle n'avait jamais faim. Je lui racontais toutes ces histoires qu'elle m'avait elle-même racontées, assise sur son balcon, en me berçant, les longues et chaudes soirées d'été. Nous mangions alors de grosses cerises.

« Les meilleures, les plus chères, les cerises de France », me disait-elle.

Je connaissais donc les beaux moments de son enfance dans la ferme paternelle. Je n'ignorais rien des joies simples dont elle s'était toujours souvenue : la cueillette des fruits sauvages, la chasse aux marmottes, le ramassage de la gomme d'épinette qu'elle adorait mâcher, la construction de forts de neige en hiver. En me métamorphosant en elle, je lui permettais de revivre ces moments du passé dans leurs moindres détails.

Plus rarement, elle avait une conscience claire de sa situation. Elle manifestait alors une impatience à la mesure de son caractère.

« C'est effrayant ce qui m'arrive. Pas être capable de marcher. Souffrir comme ça. Le bon Dieu avait-il besoin de m'envoyer cette épreuve-là, après toutes les autres... »

Toutes les autres, c'était toutes ces peines, toutes ces déceptions dont sa vie avait été traversée.

« Faut pas que tu te sentes obligée de venir me voir. T'as bien des choses plus intéressantes à faire. »

Je protestais. Mais surtout, lors de ces visites où je la retrouvais lucide, je perdais mon pouvoir de feindre. Elle redevenait ma grand-mère. J'avais besoin de sa force, cette force intacte à l'intérieur de ce corps paralysé. Je pleurais à son chevet. Et c'était à son tour de me caresser de sa seule main qui bougeait encore. Je me penchais vers elle. Je respirais son odeur, une odeur qui n'était plus la sienne ; une odeur mêlée de médicament, d'urine et d'encaustique. Je couchais ma tête sur l'oreiller et mon front sur le sien, j'embrassais sa joue froide et fiévreuse à la fois.

Son agonie dura plusieurs semaines. La mort n'arrivait pas à la terrasser. Durant les derniers jours, elle divagua sans pouvoir revenir parmi nous, ne fût-ce que quelques minutes. Elle s'interpellait, me rassurait, disputait un de ses enfants. Elle grelottait, vivait dans la neige jusqu'au cou. « Je vais geler, je vais geler », répétait-elle. Elle mourut une nuit de novembre, pendant que moi, je dormais dans mon lit. J'ai oublié les jours qui ont suivi : le salon mortuaire, les funérailles, le cimetière. Y ai-je seulement été présente ?

Sa disparition ne changea pas ma vie, elle y avait laissé trop d'empreintes. En un sens, je préférais qu'elle ne fût pas témoin de mes révoltes. Elle avait vécu une foi simple d'où découlait sa morale rigide. Elle aurait été peinée de m'entendre critiquer ou même émettre des doutes sur notre éducation religieuse. Elle qui obligeait ses fils âgés de plus de quarante ans à fermer l'appareil de télévision lorsqu'on y présentait des images qu'elle jugeait indécentes : un documentaire sur une tribu africaine où l'on voyait des femmes aux seins nus, ou des ballets avec des danseuses en tutu et des danseurs en collant. Durant plusieurs mois après sa mort, j'aurai l'impression d'être observée par elle qui voyait tout du paradis qu'elle avait tant mérité.

Cette année-là, je m'étais retrouvée en compagnie d'une dizaine de compagnes dans une classe où l'on avait regroupé les plus turbulentes et les plus affirmées. Le nombre normal d'élèves étant une vingtaine par classe, ce statut particulier, nous l'exploiterons jusqu'au bout. « La qualité suppléera à la quantité », avait décrété sœur supérieure lors de la cérémonie du classement. Nous n'allions pas la décevoir. Deux ou trois compagnes plus tranquilles se retrouvaient parmi nous sans en comprendre les raisons. Elles regretteront ce choix du hasard, mais moins que la titulaire de notre classe, une autre religieuse débutante, effarouchée et vulnérable.

Claudia, Agnès et moi formions le trio terrible. Dès les premiers cours, la sœur perdit le contrôle de la situation. Elle parlait en salivant beaucoup. Nous nous adressions à elle en nous laissant couler la salive de chaque côté du menton. Nous prétendions lire Sartre, Camus, Malraux, et elle nous croyait. Dans un cours appelé faussement et prétentieusement « philosophie », nous rejetions ouvertement ses définitions de l'âme et du corps, et nous exigions des preuves supplémentaires de l'existence de Dieu. Lorsqu'on la savait derrière nous, nous émettions à haute voix des doutes sur la virginité de la Vierge et sur le dogme de l'Assomption. Un après-midi où notre méchanceté atteignit des proportions démesurées — nous l'avions traitée de protestante qui s'ignorait —, elle craqua. Elle se mit à crier, à gesticuler et à cracher sur nous. Les deux élèves les plus rangées la prirent par les bras et réussirent à la sortir du local, non sans avoir reçu quelques gifles perdues. Aussi bouleversées que préoccupées de la suite des événements, nous restâmes seules le reste de l'après-midi dans un silence rempli de gêne, de culpabilité et de tristesse. Nous avions dépassé les bornes. Personne n'avait besoin de nous en convaincre.

On ne la revit plus. Elle avait sombré dans la dépression nerveuse. La nouvelle se répandit comme une traînée de poudre à travers l'école, et nous fûmes montrées du doigt. Les élèves ricanaient à notre passage tandis que les sœurs baissaient les yeux. Nous héritâmes d'une maîtresse de discipline venue d'un couvent avoisinant. Sœur Sainte-Rose-du-Crucifix en avait vu d'autres. Elle n'eut aucun mal à nous terroriser dès son arrivée.

« Pour moi, des élèves difficiles, ça n'existe pas. Rien n'est plus facile que de casser le caractère d'une tête forte. Je suis réputée pour ça et j'espère que vous me permettrez d'exercer ma compétence sur vous, mesdemoiselles. »

Personne n'eut le courage de la provoquer. Elle enseignait bien, surtout le français. Cependant, elle n'acceptait aucune objection sur les thèmes délicats de la foi et des mœurs, et j'en avais davantage chaque jour. Mais il s'agissait d'objections théoriques. Je n'aimais pas raisonner au moyen d'exemples, car les situations concrètes m'effarouchaient. Je voulais discuter de l'interdiction de manger de la viande le vendredi, mais je me scandalisais de voir quelqu'un avaler un hot-dog ce jour-là. Je contestais la règle morale sur les baisers, mais apercevoir à la brunante un couple trop enlacé me choquait. A l'adolescence, nous franchissions un pas important en assistant à notre première retraite fermée. En octobre, l'annonce de celle-ci suscita beaucoup d'excitation parmi les élèves. D'abord nous bénéficiions d'un congé de trois jours. Puis nous allions dormir à l'extérieur. Enfin, certains sermons seraient salés. J'appris avec six autres compagnes que j'en étais exclue. Sœur supérieure nous informa de notre punition en soulignant que notre comportement témoignait de notre absence de maturité, qualité essentielle pour vivre cet événement. En revanche, ma mère accueillit cette nouvelle avec plaisir, car elle économisait ainsi le montant nécessaire à la pension. Elle évitait aussi une autre dispute avec mon père pour obtenir l'argent. Pour ma part, j'étais partagée. J'aimais l'idée de cette exclusion qui me visait et qui confirmait ma différence. Mais, je regrettais cette aventure de groupe. Mes six compagnes semblaient beaucoup plus déçues que moi. Fréquentant les garçons — Claudia et Agnès s'étaient trouvé des amis de cœur pendant les vacances —, portant des bas de nylon et mettant du rouge à lèvres en dehors de l'école, elles appréciaient particulièrement les sermons sur la pureté. Elles ne se pardonnaient pas de manquer ce moment exceptionnel.

Les autorités nous submergèrent de devoirs de latin, de géométrie et de français que nous devions faire en classe, surveillées par sœur assistante.

Le jour du départ de nos compagnes, nous eûmes la désagréable surprise de découvrir nos noms inscrits au grand tableau noir situé à la porte principale de l'immeuble. Nous étions recommandées aux prières de l'école entière. Le lendemain, on nous informa qu'un père de la résidence voisine avait été convoqué pour nous sermonner et nous confesser. Je n'appréciais guère la tournure des événements. J'étais ulcérée. Je me sentais entraînée plus loin que je ne voulais me rendre. J'étais prisonnière de l'image de notre groupe. Nous étions maintenant perçues comme des jeunes filles raisonneuses, dissipées, orgueilleuses et légères dans nos rapports avec les garçons. Et c'est en ces termes que le jésuite dépêché pour assurer notre salut nous décrivit, répétant les paroles des sœurs à notre endroit. Il nous traita même avec une brutalité de langage inusitée, comme s'il parlait à des filles de mœurs discutables.

« Pendant que vos compagnes sont en train de purifier leurs âmes, je ne voudrais pas que vous perdiez la vôtre. C'est pourquoi je vais vous confesser. Et vous savez, des péchés mortels, j'en ai déjà entendus et des terribles. »

Parce qu'elles fréquentaient des garçons, je m'imaginais que mes compagnes allaient toutes avouer d'énormes fautes. Alors de quoi aurais-je l'air avec mes péchés niaiseux du genre « mauvaises pensées » ? J'étais une d'entre elles ; dans le confessionnal je serai à leur diapason. Lorsque vient mon tour, j'ai déjà trouvé l'aveu à faire. Je m'agenouille sur le plancher ciré de la sacristie, les mains glacées et l'estomac serré.

« Je confesse à Dieu tout-puissant... et à vous, mon père. Il y a une semaine que je me suis confessée. J'ai reçu l'absolution la dernière fois, et j'ai accompli la pénitence imposée. »

Allais-je oser ? Durant cette seconde d'hésitation, je songe à Agnès, à Claudia et aux autres qui m'attendent à la sortie.

« Mon père, je m'accuse d'avoir commis des mauvaises actions. »

J'ai réussi ! Je me crois quitte.

« Seule ou avec d'autres ? demande le père.

— Avec d'autres, dis-je. (Car avouer un acte solitaire me semble moins grave.)

— Avec un garçon ou une fille ? »

Je n'en crois pas mes oreilles! Quoi, on peut pécher par impureté avec son propre sexe! Je me sens tout à coup traquée par le prêtre. Je chuchote:

«Avec un garçon.

— En haut, ou en bas de la ceinture?»

J'ai la nausée. Tout se bouleverse dans ma tête. Je veux sortir de là, m'enfuir. J'essaie de ne pas éclater en sanglots, je me concentre sur cette idée: «ne pas pleurer, ne pas pleurer». Il me faut terminer la confession, me lever avant qu'il ne se lève car je suis la dernière du groupe. Je m'entends articuler:

«En haut, mon père.

— Ce garçon vous a caressé les seins?»

J'ai froid, je transpire:

«Oui, oui, c'est ça.»

Lentement, la voix neutre, il me parle du danger des caresses sur les seins. Elles mènent aux autres parties du corps...

Je n'écoute plus. Je prie intérieurement. Je récite le «Notre Père», le «Gloire soit...». Il parle toujours. Des mots parfois me parviennent: «sexe, pénétration, langue». Ma tête va éclater pendant que mon corps s'engourdit. «Mon Dieu, faites-moi sortir d'ici...»

Brusquement, comme s'il était pressé de partir, il enchaîne la formule de l'absolution. La porte. Je ne pense plus qu'à la porte. Je mets la main sur la poignée. Je suis dans le corridor. «Merci mon Dieu!»

Je retrouve mes amies sur le trottoir. En les voyant blaguer entre elles, je comprends que moi seule ai subi cette épouvantable confession. Je n'arrive pas à reprendre contenance. Je tremble, je bafouille quelques mots sur la sévérité du confesseur et j'esquive les questions plus précises sur mon air ahuri. Comment raconter ce moment? Je veux l'oublier. Impossible. Le dialogue obscène à voix basse me reviendra constamment en mémoire. J'éprouverai, en me le rappelant, à la fois un immense dégoût et un trouble. La confiance quasi aveugle que je mettais dans le clergé disparaîtra. Les prêtres m'apparaîtront sous un éclairage nouveau. Leurs mains consacrées, qui élèvent l'hostie et bénissent, ne sont que des mains d'homme. Aucune sœur ne me convaincra plus du contraire. Cet épisode marque donc une cassure dans ma foi. Désormais, je me méfierai de ce qu'on me racontera au nom de la morale catholique.

En troisième, nous étions mûres pour recevoir les conseils de couples chrétiens. Un de ces couples vint nous entretenir du bonheur conjugal : elle, à peine maquillée, la voix monocorde, le sourire doucereux, et lui, terne, l'air trop propre, trop parfait, trop bon. La religieuse responsable de l'Action catholique nous les présenta :

« Ce couple uni prêche par l'exemple. Il donne de la noblesse au sacrement du mariage. Écoutez-les bien, mes filles. Moi, je vous laisse, entre laïcs. »

La dame nous confia qu'elle avait de petits trucs à nous enseigner pour rendre notre conjoint fou d'amour. A ses côtés, son mari souriait béatement.

« Il vous incombe comme épouse d'assurer la propreté de votre logis. C'est la condition indispensable à l'éclosion du bonheur. Vous devez aussi mitonner de bons petits plats, car n'oubliez jamais que c'est par l'estomac qu'on retient son homme. »

Avant le retour du maître à la maison, elle nous incitait vivement à faire une légère toilette, à changer de robe et à mettre notre plus joli tablier. Car l'homme rentrait souvent harassé et souhaitait trouver chez lui un havre de paix.

« Celles qui ne créeront pas l'environnement nécessaire au repos de leur mari mettront en danger l'harmonie de leur ménage. »

Son époux satisfait opinait du bonnet tandis que la plupart des élèves recevaient dans un silence religieux ces précieux conseils. Ce n'était pas le cas de notre petit groupe. Claudia se mordait les lèvres, et Agnès s'entourait le doigt d'une mèche de cheveux comme chaque fois qu'elle tentait de contrôler un fou rire.

« Normalement, vous devez épouser un homme haut placé. Votre devoir vous commande de vous intéresser à son travail. Il faut interroger votre partenaire sur ses activités du moment. Inquiétez-vous d'un silence qui ne soit pas une méditation personnelle. Manifestez une disponibilité sans réserve pour partager ses soucis. »

En communiant de la même foi, en recevant côte à côte l'eucharistie le plus souvent possible, cette dame nous jurait que, même physiquement séparés, elle et son mari restaient en contact étroit durant la journée. Leur secret ? Le matin, ils échangeaient leur chapelet.

Je trouvais ridicule cette guimauve maritale. Enfin l'époux, muet depuis le début, prit la parole. Il s'exprimait de façon maniérée, d'une voix sirupeuse :

« Chères élèves, sachez que, chez les couples chrétiens, les épreuves de la vie se transforment en preuve d'amour de Dieu envers eux. »

Il nous raconta alors l'histoire de leur jeune fils très gravement malade. Il expliqua qu'après une période de révolte, « un moment de faiblesse humaine », il s'était agenouillé un soir près du lit de l'enfant et avait offert, pacifié, la vie de son petit à Dieu, comme Abraham en d'autres temps. Depuis ce moment, sa femme et lui se soumettaient à la volonté de Dieu.

Je n'en croyais ni mes yeux ni mes oreilles. Je ne comprenais pas cette résignation, ce triomphe de la fatalité. Jamais je ne serais une catholique de cette espèce. Je refusais que l'esprit de sacrifice mène à la mort. Enfin, la classe agenouillée récita avec ce couple un « Je crois en Dieu » inspiré. La plupart, les larmes aux yeux, abandonnaient le sort de l'enfant à la volonté divine. Pendant ce temps, je priais pour sa guérison et je menaçais Dieu de me détacher de Lui s'Il s'emparait de ce petit garçon.

Les sœurs se gardaient bien de nous initier à la vie. Leurs interventions se faisaient plutôt de façon allusive. « Mes filles, il ne faut jamais rester trop longtemps dans son bain », glissa un jour la titulaire sur un ton qui me mit en alerte. Sitôt rentrée à la maison, je m'enfermai dans la salle de bains. Je remplis la baignoire à ras bord et je m'y installai. J'attendis de longues minutes. Rien... Je m'impatientais. L'eau, en refroidissant, rendait l'expérience de plus en plus inconfortable. Le bout des doigts ratatinés, je m'extirpai de là.

Le lendemain, je racontai mon aventure aux compagnes, les assurant que la sœur avait parlé à travers son chapeau. Et, puisque son affirmation au sujet du bain s'avérait fausse, j'en avais fait la preuve, pourquoi celle sur les auteurs à l'Index ne le serait-elle pas ? Ma décision était prise. Je lirais un livre banni par l'Église. Je profitai d'une visite chez Agnès et de sa complicité pour soutirer un roman de la bibliothèque de ses parents. Je retirai au hasard un ouvrage de la tablette du haut; celle où devaient se trouver les livres les plus osés. *Les Nourritures terrestres* d'André Gide. Je sautai de joie. Ce Gide, c'était un des plus immoraux. Malheureusement, au bout de cinquante pages, je déclarai forfait. J'avais peine à comprendre les mots sans dictionnaire et, au fond de moi, j'avais trop de réticence pour accomplir jusqu'au bout cet acte iconoclaste.

Je voyageais en autobus pour me rendre en classe. J'en profitais pour compléter des devoirs, étudier ou lire. Un soir, levant distraitement les yeux de mon manuel, j'aperçus mon père qui venait de monter à bord. Je croisai son regard. Ce fut tout. A la maison, il ne saluait jamais personne. Il n'y avait donc aucune raison pour que nous nous saluions en public. Durant les longues minutes du trajet qui restait à parcourir, j'apercevais furtivement cet homme, pour moi si douloureusement étranger et qu'on pouvait sans doute trouver beau malgré ses vêtements dépareillés. Comment allais-je agir maintenant? Devais-je descendre un arrêt plus tôt? Ou attendre la toute dernière minute et prendre la sortie arrière alors qu'il se dirigerait vers l'avant? Comment réagiraient tous ces gens si je me levais et déclarais: «Cet homme qui m'ignore est mon propre père.» Et si je lui parlais? Mais que dire à un père qui ne prononce jamais le prénom de sa fille, qui ne lui a jamais adressé la parole, sauf sous l'influence du gin et pour l'offenser? Je n'avais pas remarqué que nous étions arrivés. Je bousculai quelques personnes et sortis derrière lui. Il ne se retourna pas. Il attendit comme moi le moment de traverser l'avenue et me précéda sur le trottoir. Toute ma vie j'avais rêvé de voyager seule avec lui. C'était chose faite.

Il y avait, dans ma classe, des élèves riches qui ne ressemblaient pas à Agnès. Les poches bourrées d'argent, elles parlaient des biens matériels avec un enthousiasme et un détachement qui me complexaient. J'éprouvais à leur endroit des sentiments d'envie mêlés de dédain. A la maison, les discussions d'argent m'épuisaient. Chaque quinzaine, la veille de la paie de mon père, nous avions appris à nous taire afin de ne pas provoquer chez lui des mouvements d'humeur. Car il semblait perdre la raison chaque fois qu'il versait à ma mère l'argent nécessaire aux besoins familiaux. Des injures et des cris entouraient le moment où il lançait avec fureur sur la table quelques billets de banque, jamais assez nombreux, que ma mère ramassait, l'air découragé. Comme si nous le dépouillions d'un bien auquel nous n'avions pas droit. Je haïssais le pouvoir terrorisant qu'il exerçait sur nous grâce à ces maudites coupures et j'étais humiliée du rôle obsédant que l'argent jouait de plus en plus dans ma vie. J'avais honte de m'entendre désigner le beurre « à 50 sous la livre » et le steak « à 65 sous ». Ce langage m'était devenu courant ; j'emboîtais ainsi le pas à ma mère en chiffrant mes nécessités et mes plaisirs.

Ces compagnes riches faisaient de même. Mais, alors que j'en signifiais l'importance, elles en indiquaient l'insignifiance. Je disais, impressionnée :

« Ma veste en laine a coûté 15 dollars. Je vais la garder longtemps. »

Elles répliquaient, insouciantes :

« La mienne a été payée 25 dollars, mais je ne l'aime plus. Ma mère m'en a acheté une autre de 30 dollars en laine angora. »

Je les croyais absolument différentes de moi. Nous étions pourtant pareilles. Elles n'avaient atteint le statut de parvenues que quelques années avant moi. Ces filles écartaient les valeurs spirituelles, impossibles à calculer en dollars. Elles ne rêvaient que d'un amoureux riche qui les installerait dans le *split-level* à deux garages, les emmènerait en Floride l'hiver, sur les plages de l'État du Maine l'été, et les abonnerait au club de golf sélect de Laval sur le lac. Logiques dans leurs aspirations, elles s'identifiaient à l'anglais. Marguerite se faisait appeler Maggy, Nicole laissait tomber l'*e* muet en écrivant son prénom et Thérèse ne répondait plus qu'au nom de Terry. Elles se référaient à leur *dad* et à leur *mom*, et rêvaient de danser le samedi soir au *Town Hall* de Ville Mont-Royal.

« Nicol », en particulier, ne se gênait pas pour nous faire sentir notre infériorité. Elle occupait les lundis à nous raconter ses exploits du week-end. D'abord, elle décrivait ses achats : des robes Jonathan Logan, parues dans le magazine américain *Seventeen*, notre bible de l'élégance adolescente, des soutiens-gorge Lejaby, *made in France*, car cette Nicol n'oubliait pas qu'en dessous sa culture était française, et enfin des chandails anglais en cachemire ou en angora plus dispendieux que mon manteau de printemps. Elle affirmait comme un dogme que le vrai chic excluait les vêtements *made in Canada*, *cheap* et *old fashioned*. Elle nous décrivait ses « parties » où l'on dansait deux slows pour un rock, de quoi nous donner le vertige, et où l'on jouait à la bouteille, un prétexte pour se faire embrasser sur la bouche par des garçons qui sentaient l'Aqua Velva bleu. Parfois, assurait-elle, on fermait les lumières après minuit. Nous écoutions, béates, presque incrédules, ces récits, nous les nigaudes restées dans nos foyers à nous tourner les pouces, à lire et à étudier.

Quelques semaines avant Noël, Nicol distribua à quelques privilégiées, dont j'étais, une enveloppe vert pâle. A l'intérieur, se trouvait une petite carte fleurie avec l'inscription : *Come to a party*. La première invitation de ma vie ! De surcroît à Ville Mont-Royal ! A la récréation, les élues, six ou sept filles, se réunirent autour de notre hôtesse, fière de son effet. Elle fournit à chacune la raison qui l'avait poussée à l'inviter. Elle désirait voir l'ami de Terry, supposément beau comme un dieu, elle espérait que Maggy amènerait son frère, un champion de hockey de la ligue collégiale, et elle comptait sur moi pour ajouter une note d'originalité à sa réception.

« T'es drôle, les gars vont te trouver intelligente. »

Mon rôle ne me réjouissait guère, mais je n'allais pas manquer cet événement pour tout l'or du monde. Je confessai bien humblement que je ne connaissais pas de garçon susceptible de m'accompagner. « T'en fais pas, je vais te fournir une *blind date*. J'en connais un dans ton genre, tu vas le trouver à ton goût. Il s'appelle Richard, mais tout le monde le surnomme Rick. Je pense même qu'il est plus comique que toi. Puis il est *cute* et son père est très riche. » Rick ! Je me le représentais pas trop grand, mince mais musclé, avec des cheveux blonds et le teint hâlé des garçons sportifs. Je tannai ma mère pour qu'elle me procure une robe Jonathan Logan, des bas de nylon sans couture derrière et des souliers à talons hauts. J'obtins tout. Pour elle, je faisais mon entrée dans le grand monde où je trouverais éventuellement un mari. Mes tantes en furent informées et elles m'inondèrent de conseils.

« Les hommes, tu dois les faire dépenser. Sois "fine" avec celui qu'on te présente. Y a des petites concessions que tu vas être obligée d'accepter. »

Lesquelles ? Elles ne précisaient pas. « S'il dit des insignifiances, continue d'écouter. Y va penser que tu le trouves intelligent et après tu pourras faire ce que tu veux avec lui.» Ce n'était pas la première fois que le clan des femmes me donnait des leçons sur l'art de faire tomber les hommes. A vrai dire, leur mépris s'expliquait. Chacune d'entre elles avait été larguée par un amoureux riche qui avait finalement épousé une femme, sotte, mais de sa classe. Elles me percevaient, moi, leur nièce instruite, comme l'instrument de leur vengeance. Je protestai :

« Je ne cherche pas un compte en banque mais un garçon.

— Il faut que ça aille ensemble. Ta mère te paie pas des études pour que tu maries un tout-nu», décréta ma tante adorée.

J'écoutais ces femmes que j'aimais, mais dont les propos me blessaient. Les hommes ne pouvaient pas être ce qu'elles en disaient. Les hommes n'étaient pas ces monstres lubriques qu'on nous décrivait dans nos cours d'initiation à la vie, car comment expliquer l'attrait de mes compagnes pour eux? Par exemple, le plaisir que retirait Agnès de ses longues marches et de ses conversations avec son ami. J'étais bien résolue à être ferme avec ce Rick s'il me faisait des avances, s'il tentait de danser trop serré contre moi. Toutes ces pensées occupaient mon esprit, et je faillis bien laisser tomber cette invitation qui compliquait tant ma vie.

Le samedi arriva enfin. Je commençai mes préparatifs le matin même. Je me rendis chez Agnès qui m'avait offert de me coiffer. Elle m'enseigna aussi l'art de me limer les ongles, et insista pour que je m'épile sous les bras. L'odeur repoussante de la crème me fit résister à sa demande. Elle en fut déçue, comme si Rick y verrait un obstacle à s'attacher à moi. Elle me proposa également de porter un soutien-gorge, même si ma poitrine ressemblait à celle d'un jeune garçon.

J'y consentis en bougonnant, mais son premier soutien-gorge, qu'elle conservait comme une relique, était trop grand pour moi. Je lui faisais pitié à n'en point douter. Mais comment pouvais-je me faire pousser les seins? La métamorphose qu'elle souhaitait se produisit une fois que je fus coiffée. En m'apercevant dans le miroir, je ne me reconnus pas. Agnès trépignait d'impatience devant mon silence. « Aimes-tu ça? Aimes-tu ça? » répétait-elle. Après avoir dégagé mon front, que je dissimulais depuis toujours sous une frange épaisse, elle avait ramené dessus deux mèches de cheveux en forme d'accroche-cœur, raidies par un fixatif. De chaque côté des oreilles, elle avait reproduit ces accroche-cœur et une sorte de *page boy* entourait ma tête. Elle se pâmait sur son œuvre et, pour ne pas lui faire de peine, je me pâmai avec elle.

Ce soir-là, à sept heures, j'étais à la fenêtre de ma chambre plongée dans l'obscurité afin que Rick ne m'aperçoive pas. Je vis la grosse voiture déboucher du coin de la rue, et j'entendis mon jeune frère tout excité qui criait :

« C'est une Lincoln Continentale! Aïe! C'est une Lincoln Continentale! »

J'arrivai au bas de l'escalier juste au moment où ma mère s'apprêtait à ouvrir la porte. Je la repoussai sans gentillesse. J'étais face à ma *blind date*.

Petit, les cheveux blondasses, d'épaisses lunettes sur le nez, les joues trouées par l'acné, il ne ressemblait en rien à celui que j'avais imaginé. J'encaissai le choc et me retrouvai dans la grosse auto aux fauteuils capitonnés de peluche bleu royal en compagnie de trois couples inconnus. Assise à ses côtés, je souriais bêtement des blagues insignifiantes, la plupart en anglais, de ces jeunes mondains.

Rick conduisait la voiture en fonçant dans des bancs de neige le long des trottoirs pour nous amuser. L'auto tournait sur elle-même sur la chaussée très enneigée et personne ne semblait se préoccuper du danger de ces manœuvres. Nous pouvions heurter des piétons, emboutir d'autres voitures et massacrer la Lincoln. Ils riaient tous bruyamment. J'étais muette.

Dans le vestibule en marbre de son immense *split-level*, Nicol nous accueillit dans une robe si décolletée que je n'osais regarder dans son corsage. Elle nous amena, nous les filles, dans sa chambre. C'était comme dans un film américain. Elle ouvrit sa garde-robe. Je ne comptai pas moins de huit paires de chaussures et deux douzaines de robes d'hiver.

La fête se déroulait au sous-sol. J'y rejoignis Rick déjà installé sur un tabouret au bar. Je bus un punch à l'alcool. La musique jouait trop fort pour que la conversation fût possible. Des couples dansaient déjà sur un slow des Platters et j'attendais que Rick se décide à m'inviter.

Une heure plus tard, j'étais toujours assise à ma place. Rick m'adressait à peine la parole. Il riait avec l'un, lançait des boutades à un couple enlacé, racontait des histoires corsées à la ronde. Il ne dansait pas. J'étais découragée. Je le trouvais laid, brusque, vulgaire, mais je vivais comme un affront son indifférence à mon endroit.

Vers minuit, les lumières s'éteignirent complètement. Je voyais des couples échanger ces longs baisers que je savais dangereux. Elvis se languissait dans *Love me tender*, et Rick continuait de parler de football avec un garçon qui tenait sa blonde sur ses genoux. Mes souliers neufs l'étaient toujours, mes accroche-cœur n'avaient retenu personne, et ma vertu était sauve bien malgré moi. J'aurais été prête à recevoir un baiser mouillé de ce Rick plein d'acné et à la tête vide. Simplement parce que c'était un garçon et que, ce soir-là, je voulais être comme les autres filles.

J'enviais et méprisais en même temps ces riches, comme Nicol, dont les préoccupations terre à terre écartaient les seules interrogations qui me paraissaient fondamentales, celles sur la vie, sur le bonheur et sur la place de Dieu dans le monde. Mon patriotisme était heurté par la fascination que l'anglais exerçait sur ces jeunes matérialistes. Je croyais que ma qualité de Canadienne française fière de l'être m'assurait un ascendant sur eux. Mais ils ne semblaient pas en être impressionnés. Ils m'ignoraient totalement et se moquaient de leur âme et de notre identité.

Mon incapacité à séduire un garçon, même le plus insignifiant, me précipita plus totalement dans les bras de saint Augustin et de la grande Thérèse. La jouissance, la seule vraie, m'y était révélée. Dès lors, je refusai les rares invitations aux danses du samedi soir. Pendant que le reste de la famille regardait la télévision, je m'enfermais dans ma chambre et, à la lueur d'une bougie, je parcourais les textes décrivant les extases de sainte Thérèse, pénétrée par son amant, le Christ, ou les orages intérieurs de Thérèse Desqueyroux, dévastée par la tentation de la haine.

11

Les grandes vacances m'accablèrent. Agnès séjournait une partie de l'été à la mer dans le Maine, Claudia avait rejoint le clan familial au bord d'un lac, dans les Laurentides. Trop jeune pour être serveuse dans un restaurant, je passai l'été à la maison, enfermée, même par beau temps. Je tournais en rond dans ma chambre et j'engageais avec ma mère des conversations qui tournaient vite à l'affrontement.

« Le pape vit dans un palais. C'est un des hommes les plus riches du monde. Tu trouves ça normal, toi ?

— Commence pas ton discours ! Si ça continue tu vas blasphémer.

— Et après ? Qu'est-ce que ça peut faire ? Peut-être que Dieu n'existe même pas.

— Tais-toi. Ah ! si ta grand-mère t'entendait ! C'est presque heureux qu'elle soit morte ! »

Je remontais l'escalier en courant. Je pleurais dans mon oreiller. De rage, de tristesse, d'ennui. Puis notre voisin se mettait à son piano mécanique.

Toujours les mêmes rengaines, *J'attendrai*, *la Vie en rose*, *Smoke gets in your eyes*. Deux, trois heures durant, il remettait les rouleaux et pédalait avec une frénésie inlassable, s'accompagnant à haute voix. Je finissais par quitter les lieux et me retrouvais sur le trottoir sans savoir où aller, marchant au hasard pendant des heures, complètement découragée. Qu'allais-je faire de ma vie? Je me trouvais laide, sans charme. Je ne plaisais à personne. Je ne m'en sortirais jamais. Ma mère me pressait de devenir secrétaire. Il ne se passait pas un jour sans qu'elle me vante les avantages liés à ce brillant avenir: un bon salaire après les études de lettres-sciences, le gîte et le couvert assurés à la maison pour un prix raisonnable, des sorties avec des soupirants le samedi soir et le dimanche après-midi. Bref, la mort.

En juillet, ma grand-mère paternelle vint habiter chez nous. Sénile, confuse, elle m'appelait «monsieur» et me demandait ce que je faisais chez elle. Elle se cachait dans les placards lorsque nous mettions la télévision en marche car «tout ce monde dans la maison» l'intimidait. Les premiers jours, elle partagea nos repas. Mais elle recrachait la nourriture, faisait des boulettes avec sa viande et déposait son dentier dans l'assiette. Nous avions des haut-le-cœur, et ma mère décida qu'elle mangerait dans sa chambre. Incontinente, elle dessinait sur les murs avec ses excréments ou les mélangeait à sa nourriture. Comme le chat, elle eut droit à son assiette en plastique. Que nous lavions à part.

Elle disait à mon père que nous la privions de manger, oubliant qu'elle avait pris son repas une heure auparavant. Ce dernier la croyait et prenait ma mère à partie, l'accusant de vouloir tuer sa pauvre mère. On la servait à nouveau, souhaitant la rendre malade. Toute la maison dégageait une odeur d'urine et de matières fécales. Jamais mon père n'aurait accepté de vivre pareille situation avec ma grand-mère maternelle. Je lui en voulais terriblement de nous imposer ce fardeau. Je savais qu'il empochait une pension mensuelle et je pensais que son hospitalité était liée à ce seul fait.

Une nuit chaude et humide du mois d'août, je fus éveillée par la voix du médecin.

«C'est la fin», dit-il.

Je réveillai ma petite sœur couchée à mes côtés.

«La grand-mère est en train de mourir, lui dis-je avec un sourire de contentement.

— T'as pas honte?»

Elle avait l'air scandalisé. Nous écoutions dans le silence les bruits de pas autour de son lit.

«Le cœur s'est arrêté», déclara le médecin.

L'oreille collée contre le mur mitoyen, j'attendais une réaction de mon père. Rien. Il ne dit rien. Il n'émit pas un son. Ma mère parlait avec le médecin des dispositions à prendre: la morgue, le salon mortuaire, les formalités. Ma sœur sanglotait à mes côtés. J'étais furieuse. Furieuse contre elle et contre moi, sans savoir pourquoi.

Durant les trois jours que dura l'exposition du corps au salon mortuaire, personne, à l'exception de notre famille, ne vint la voir. J'épiais mon père, cherchant sur son visage un signe quelconque de tristesse. En vain. Au cimetière, ma mère versa des larmes, ce qui provoqua mon mépris. Elle me proposa d'occuper la chambre vide. Je poussai des cris. M'en voulait-elle à ce point? Les mois suivants, je fis un léger détour afin d'éviter la pièce maudite. Lorsque mon père s'y installera avec ses haut-parleurs et ses bricoles électriques, je continuerai mon manège.

La rentrée en septembre fut particulière. Ma dernière rentrée. Pas question d'envisager les quatre années d'études menant au baccalauréat. Ma mère ne trouverait jamais l'argent nécessaire, et ce diplôme devenait tout à coup trop prestigieux, inaccessible. Sachant que cette année représentait pour moi la dernière chance, je priais le ciel de me retrouver dans la classe de la religieuse la plus intellectuelle de l'école. Bachelière, sœur Saint-Jacques-de-Compostelle impressionnait ses élèves par sa science et ses exigences. On la voyait rarement en compagnie des autres sœurs. On la disait hautaine et trop instruite pour elles. « Elle se fait craindre même de sœur supérieure », entendait-on de toutes parts. Elle citait Racine à tout venant et lisait les existentialistes chrétiens.

Contrairement à ses collègues, elle ne nous attendait jamais dans la cour de l'école. Nous étions donc les seules élèves à monter, sans accompagnatrice, vers le local où, assise à son bureau, sœur Saint-Jacques lisait un journal pour nous inconnu. Il s'agissait en fait de l'organe officiel de la droite intellectuelle catholique. Sur ce point, elle était également unique, car jamais nous ne voyions les sœurs lire des journaux ou des revues. Je la craignais, mais sachant que je me trouvais face à une personne vraiment instruite, je faisais des efforts pour répondre à son attente.

« Mes chères filles, la connaissance se trouve dans les livres. Ne pas lire est un péché contre l'esprit, donc une offense au Seigneur. »

Je buvais ses paroles bien qu'elle aussi nous mette en garde contre les auteurs à l'Index. Sœur Saint-Jacques avait sa propre bibliothèque dans la classe et nous invita vivement à y puiser. « Tout y est digne d'intérêt. » Je m'empressai de répondre à son offre. Je choisis sous sa gouverne Gabriel Marcel, « un philosophe qui nous fait atteindre des sommets de jouissance intellectuelle ». J'en commençai avidement la lecture. C'était ardu, abstrait, austère. Je n'y trouvai aucune occasion de jouir. Bien au contraire. Je transpirais sur le texte mais, cette fois, j'étais décidée à décrypter le « message ». Je serais à la hauteur de ce grand homme. Mais c'était dur. Je commençais à croire que, pour ce qui était de ma destinée, j'avais placé la barre un peu haut. A la maison, ma mère continuait de vanter le sort des secrétaires à gros salaires, libres et habillées comme des gravures de mode.

« A seize ans, une fille doit gagner sa vie, autrement c'est une paresseuse. »

J'aurai seize ans à la fin de l'année, je savais ce qu'on attendait de moi. Je me trompais peut-être sur mes capacités — mes échecs de lecture tendaient à me le faire croire. J'avais toutefois la conviction profonde que céder à ma mère, c'était me perdre à tout jamais.

Je n'échappai pas, cette fois, à la retraite fermée des finissantes, l'événement majeur de cet automne 1956. Les autorités avaient bien conscience de l'importance primordiale de cet encadrement final de notre foi. Après, nous échapperions pour toujours à leur contrôle.

Je partis pour le couvent remplie d'appréhension due à la terrible réputation du prédicateur choisi par les autorités. Des histoires circulaient d'une école à l'autre sur la terreur qui s'abattait sur les « retraitées » qui avaient passé trois jours en sa compagnie. Bien sûr, certaines compagnes s'émoustillaient à la perspective de ses sermons très osés. Ces mêmes élèves bourrèrent leur valise de tablettes de chocolat, de chewing-gum et cachèrent des cigarettes dans leurs sous-vêtements. Le premier soir, je rejoignis cinq autres filles dans une cellule austère, d'une propreté obsédante, aux fenêtres munies de barreaux comme en prison.

« As-tu du feu ? » me demande l'une d'elles en allant chercher sous son bas un paquet de cigarettes (l'empreinte en demeurait comme gravée sur sa cuisse). Les yeux écarquillés, j'en avais le souffle coupé. Quelle audace ! Quelle incroyable audace ! Elles allaient fumer, comme ça, dans le lieu même où se jouait notre avenir spirituel.

« Fais pas ta "sainte nitouche".

— Prends-en une », me dit une autre.

Je fumai, à mon corps défendant, ma première cigarette. Nous soufflions la fumée à l'extérieur pour éviter que l'odeur ne nous trahisse. Malgré cette précaution, quelques minutes plus tard, sœur Saint-Jacques-de-Compostelle, rouge de rage, ouvrit la porte avec un geste théâtral :

« C'est ainsi que vous vous préparez à entendre la voix du Seigneur ! Quelle pitié ! Quelle tristesse ! Et quelle vulgarité ! Monsieur le prédicateur sera immédiatement prévenu par mes soins. Attendez-vous au pire. Ah ! mes pauvres cervelles d'oiseaux ! »

Et elle se retira en jetant sur nous un regard dégoûté. Encore sous l'effet de la surprise, silencieuses, nous nous regardions stupidement, la cendre de cigarettes tombant sur le sol immaculé.

Lors de son sermon d'ouverture, le prêtre entra dans une colère noire. Il nous fit mettre debout devant nos compagnes et nous prit à partie :

« Ah ! C'est ainsi que des présumées jeunes filles bien se conduisent comme des dévergondées. Aujourd'hui, c'est la cigarette, demain ce sera le verre de gin, et après n'importe quel garçon pourra faire de vous sa chose ! »

Ce discours augurait fort mal. Quels sermons allions-nous subir ensuite ?

Je n'eus pas à attendre longtemps. Dès la deuxième séance, ayant pour thème les relations avec le sexe opposé, il justifia la réputation qu'on lui faisait :

« Je vais vous expliquer ce qu'est un garçon. Personne, sans doute, ne vous a parlé de lui comme je vais le faire. Vous êtes en âge de tout savoir sur ce qui l'habite. »

Il affirma que c'était un être faible face à ses pulsions et face aux femmes. Il précisa que sa sexualité avait un caractère bestial, qu'il ne parvenait à dompter qu'au prix d'un effort moral gigantesque.

« La force sexuelle d'un adolescent pourrait presque faire décoller un avion. Mes filles, ne vous amusez pas à allumer la mèche. Je vous le demande en leur nom. »

Puis il nous raconta l'histoire d'un collégien qu'il suivait en direction spirituelle. Ce dernier, emporté par un désir incontrôlable, avait déchiré la blouse de sa petite amie, lui avait arraché son soutien-gorge et s'était emparé à pleines mains de ses seins.

« Mes filles, c'est en pleurant à chaudes larmes que ce garçon m'a dit, agenouillé devant moi : "Quand je pense, mon père, que j'ai perdu l'état de grâce pour deux bouteilles à lait." Voilà où mène votre provocation des garçons. Sachez-le. »

Personne ne bougeait dans l'auditoire. Nous étions accablées par la responsabilité énorme qui nous incombait, par ce pouvoir maléfique qui était le nôtre.

« Je vous parle à cœur ouvert, mesdemoiselles. Comme je l'aurais fait avec ma propre mère. »

Puis il aborda les risques de la danse.

« La danse est une activité à double tranchant. Cette façon de s'amuser est acceptable, si elle ne se heurte pas à la morale. Les danses lascives sont condamnables. Ces slows, je ne vous les interdis pas, je vous signale simplement que vous ne pouvez vous y adonner en toute tranquillité d'esprit que si vous laissez entre votre partenaire et vous une distance équivalente à la largeur d'une chaise.»

De nombreuses élèves ne purent retenir des sourires moqueurs. Le prédicateur se fâcha tout net.

«Ah, vous trouvez ça drôle! Ah, ça vous amuse. Eh bien je vais vous dire, moi, ce qui se passe dans le corps d'un garçon lorsque vous vous collez à lui.»

Il nous décrivit le sexe masculin, comme «un bâton mou qui durcissait et s'étirait un peu comme pourrait le faire un tire-bouchon».

«Tout contact avec votre corps provoque cette érection. Celle-ci peut durer de longues minutes pendant lesquelles le garçon n'est plus responsable de ses actes. Vous êtes la source de son érection, vous seule pouvez l'en libérer.»

Il y avait deux façons, assura-t-il, d'y arriver. La première, entraînant le couple dans le péché mortel, était d'exciter le garçon jusqu'à «l'éjaculation, le rejet du sperme, un liquide blanc épais semblable à la crème Noxema». Nous utilisions toutes cette crème nettoyante pour la figure, et cette comparaison m'était insoutenable. La seconde consistait à se ressaisir et à ramener le garçon sur terre avec douceur mais fermeté par des phrases du genre: «Tu te trompes sur mon compte. Je te respecte trop pour ne pas me respecter. S'il te plaît, asseyons-nous et causons.»

L'abbé Lévesque parlait avec une sorte de fébrilité qui accentuait le malaise que ses paroles suscitaient en moi. Comme toujours dans ces situations, je cherchais du regard Claudia, Agnès et les autres. Difficile de savoir ce qu'elles en pensaient. Les yeux baissés, elles se curaient distraitement les ongles ou égrenaient leur chapelet. Enfin, la cloche vint mettre un terme à ce sermon.

« Il y va un peu fort l'abbé, déclara Agnès.

— Moi je trouve qu'il a raison de nous parler comme ça. C'est cru, mais c'est excitant. C'est ça la vie. Puis, t'es pas obligée de le croire, *all the way* », ajouta Nicol, visiblement heureuse de la tournure des prédications.

Le soir, après les vêpres, je me retirai à la chapelle pour tenter d'oublier la journée. Je m'adressai à l'Esprit saint à qui je confiai mon désarroi. Pendant la nuit, je vomis dans ma cellule, et terminai la retraite dans un état de panique grandissante. L'abbé continua ses sermons croustillants et, dans ses tête-à-tête avec mes compagnes, selon leurs dires, il en rajoutait.

J'évitai de me rendre à son bureau mais, le dernier soir, la titulaire m'y obligea.

« Vous êtes la seule à ne pas avoir rencontré le prêtre. Vous n'allez tout de même pas rater votre retraite. »

Elle m'accompagna jusqu'à la porte de la pièce qui servait de confessionnal et de chambre. Dans la pénombre, je m'assis devant lui, tremblante.

« Aimez-vous mes sermons, me demanda-t-il ?

— Oui, monsieur l'abbé.

— Y a-t-il des points que vous aimeriez voir précisés ?

— Non, monsieur l'abbé.

— Êtes-vous bien sûre ?

— Oui. »

Il avait l'air déçu et las.

« Bon, je vais vous confesser. Mettez-vous à genoux. »

Je m'accusai d'avoir désobéi à ma mère, d'avoir manqué de

charité envers mes compagnes et d'avoir péché contre la foi par manque d'amour envers Dieu.

Il me donna l'absolution. Je sortis. J'étais insignifiante à ses yeux. C'était clair et j'en étais heureuse.

Les sermons de l'abbé Lévesque me poursuivirent de longues semaines. Au début, je traversais la rue plutôt que de croiser un homme. Peu à peu, je m'habituai à l'idée de la mécanique qui les mettait en branle et je m'arrangeai pour ne jamais en être responsable. Lorsque j'assistais à des *parties*, je m'en tenais au rock'n roll. Je déclinais les invitations quand Dinah Shore se mourait de langueur dans *Cape Cod Bay* et lorsque Elvis se ramollissait en geignant *Hold me close, Hold me tight, Make me thrill with delight.* Garçons et filles se rapprochaient dangereusement dans l'ombre. La « chose » du garçon ne pouvait, dans ces conditions, rester calme. Je comprenais mal que mes compagnes, même les plus réservées, acceptent de réduire à ce point la distance réglementaire suggérée par le prédicateur. Je sortais de ces soirées épuisée et malheureuse.

Un dimanche après-midi, notre *party* se déroula chez une amie, dans une cave sinistre. Nous dansions à côté de la chaudière, mais peu nous importait. Notre hôtesse avait réussi à attirer chez elle une demi-douzaine de garçons d'un collège classique des environs. « Une belle classe de gens », avait déclaré ma mère en me donnant la permission d'y aller. Comme à l'habitude, je refuse les premiers slows. Je regarde ces corps enlacés, se déplaçant à peine. Toutes les filles dansent les yeux mi-clos, la joue appuyée contre celle des garçons. Je n'en peux plus. Au disque suivant, je jette un regard soumis à celui qui, par ma faute — nous étions garçons et filles en nombre égal —, était resté assis, et il m'entraîne sur la piste de fortune. Son bras autour de ma taille, je maintiens entre nous un espace qu'il tente de réduire en effectuant une pression sur mon dos. Je résiste. Il me serre de nouveau. Je me raidis. Il paraît céder. «*If our lips should meet*», suggère la belle voix de Johny Mathis. Quelqu'un vient d'éteindre la lumière. Mon partenaire respecte toujours mon vœu. C'est moi qui commence à n'y plus tenir. Peu à peu, centimètre par centimètre, je me rapproche de lui. Lorsqu'il se rend compte que mon corps s'ajuste au sien, il joint ses mains dans le creux de mes reins et y appuie doucement. Je sens cette dureté sur mon ventre qui me fait mal. Et je m'abandonne à ce péché dans un état de semi-conscience. Tout l'après-midi, nous restons ainsi, debout, bougeant à peine, quel que soit le rythme.

Il me raccompagna à l'autobus en me tenant la main. «A bientôt, on se reverra», dit-il. J'attendrai vainement son appel. Puis j'en ferai mon deuil. Car rien en lui ne m'avait plu, sauf l'effet de son corps contre le mien.

Le remords me retrouva entière. Et je replongeai dans les activités de l'esprit. Sœur Saint-Jacques nous donnait le goût du dépassement, de la rigueur et de la beauté. Elle affectionnait les classiques qu'elle lisait à haute voix devant la classe étonnée. Son amour de la langue française n'avait d'égal que sa passion pour la France. Elle avait étudié à l'Institut catholique de Paris durant deux ans, ce qui augmentait l'ascendant qu'elle exerçait sur nous. Elle s'ajustait mal à notre inculture et se décourageait surtout du peu d'efforts que nous faisions pour nous en sortir. Je la comprenais et tentais, par des efforts permanents, de me distinguer du groupe. Elle aimait Racine. Je le lus entièrement. Elle affectionnait les Maritain, je parcourus en entier *les Grandes Amitiés*, en annotant le livre afin qu'elle m'explique les passages obscurs. Elle ne vivait que par Marie Noël, et les poèmes de cette dernière n'eurent plus de secrets pour moi. Je bûchais sur les pièces de Claudel en dépit de l'ennui profond que j'éprouvais face à ce monument de catholicité. Mais j'eus mon premier choc véritable en découvrant le *Journal d'un curé de campagne*, de Bernanos. Un prêtre comme ça, j'ignorais qu'il en existait. La vie spirituelle ne m'avait jamais été présentée ainsi, et j'avais du mal à départager ce qui, dans le roman, était propre à la culture française et à la religion universelle. Je demandai avec inquiétude à ma maîtresse si une Canadienne française pouvait aspirer à cette foi-là. Elle me rassura. Oui, c'était possible, mais à la condition d'aller à contre-courant de notre milieu, en s'attachant aux écrits des élites catholiques de la mère patrie et en s'engageant totalement sur la voie douloureuse et périlleuse de la solitude intellectuelle.

Je me sentais bien petite devant la tâche à accomplir. D'autant plus que la sensation intense éprouvée dans la cave de ma compagne près de la chaudière au cours de ce slow interminable me revenait physiquement en mémoire. Jamais, auparavant, la contradiction entre la vie de l'esprit et la vie tout court ne m'était apparue aussi immense et aussi insurmontable. J'étais dans un cul-de-sac et ça n'était pas sœur Saint-Jacques-de-Compostelle qui pouvait m'en sortir.

Durant le mois de décembre, je me dénichai un emploi de vendeuse dans un grand magasin du centre-ville. On m'affecta au rayon des robes pour femmes fortes. Les clientes étaient, en majorité, pauvres, et cette expérience me fut une leçon. Pour chaque modèle de robe, il y avait deux qualités de tissus, le coton et la soie. La robe en soie valait le double de celle en coton. Je voyais les femmes palper l'une et l'autre, essayer celle en soie pour décider d'acheter celle en coton. Chaque fois que j'avais le sentiment qu'elles n'avaient pas l'argent pour s'offrir la robe de leur désir, se rabattant sur celle de leur budget, je m'arrangeais pour commettre l'erreur de la mettre dans le sac, pratiquant d'instinct la justice distributive. Jusqu'au jour où une surveillante découvrit mon âme de Robin des Bois. Je fus proprement jetée à la porte, non sans qu'on ait déduit de ma paie la différence de prix de trois robes que j'avais vendues cette matinée-là.

A la maison les pressions pour que je rapporte de l'argent ne cessaient de croître. Je connaissais le prix de tout ce qui se trouvait dans mon assiette. « Laisse pas le steak. A 1 dollar et demi la livre, je n'aurai plus les moyens de t'en donner. » « Pas trop de beurre, il est rendu 65 sous, on voit bien que tu ne travailles pas. Tu te fiches bien de ce que ça coûte... » C'était infernal. Je me réfugiais chez Claudia plus fréquemment, et ses parents m'accueillaient toujours avec la même chaleur.

J'étudiais avec plus de frénésie que d'application. La titulaire me le reprochait. Comment lui expliquer que je jouais ma dernière carte, qu'elle représentait mon salut, et en même temps que je ne voyais pas comment je pourrais continuer sans son aide à m'élever intellectuellement. Je la percevais trop lointaine, trop isolée dans les choses de l'esprit, pour oser lui confier les tourments de mon âme et de mon corps.

Je n'étais pas retournée danser. J'avais trop peur de cette force sexuelle qui m'habitait maintenant. Lorsque je m'en inquiétais auprès d'Agnès, ma conseillère en la matière, elle haussait les épaules avec découragement :

« Avec toi, c'est tout ou rien. Tu t'imagines qu'en collant un peu un garçon, c'est la fin du monde. Si tu te sens coupable, confesse-toi. C'est tout. »

Pour moi, ça ne pouvait être si simple. Elle fréquentait alors un Hongrois qui avait fui son pays quelques mois auparavant. Elle me le présenta. Imre avait l'air d'un ouvrier, fort, trapu. « Il a de l'expérience », me précisa Agnès, et je compris ce qu'elle voulait dire. D'ailleurs, c'était écrit sur sa figure. Il ne parlait pas français et baragouinait quelques mots d'anglais. A force d'insister, elle finit par me faire accepter une sortie à quatre avec un copain d'Imre. Tamas avait une allure de collégien qui me rassura. Il s'exprimait dans un anglais approximatif mais compréhensible. Agnès avait décidé que nous irions voir un film. C'était la première fois de ma vie que je mettais les pieds dans un cinéma pour adultes. La projection n'était pas sitôt commencée que Tamas cherchait à m'embrasser. Je le repoussai timidement. Il fit une nouvelle tentative. Je le repoussai à nouveau.

« *Why? What's a matter?*

— *Please. I am not that kind of girl.* »

Il soupira bruyamment et emprisonna ma main dans la sienne. Le film se déroulait en Allemagne, pendant la guerre, et racontait la résistance qu'avaient opposée des jeunes garçons et des femmes, seuls habitants du village, à une attaque des troupes américaines. Ces adolescents mouraient l'un après l'autre, et mon compagnon devenait de plus en plus agité. Ma main ne semblait plus l'intéresser. Subitement, il se leva et quitta la salle obscure. Imre le suivit en entraînant Agnès, et je n'eus d'autre choix que de leur emboîter le pas. Sur le trottoir, les deux garçons discutaient nerveusement en hongrois et nous ne comprenions pas les raisons de leur agitation. Je savais seulement qu'ils avaient fui les communistes mais je n'imaginais rien de leur vie. Je ne cherchais même pas à savoir. Nous nous retrouvâmes chez Imre dans un petit appartement triste et vide. Assis par terre, nous buvions du thé, et quand Agnès et son ami se mirent à s'embrasser devant nous, je me crus en droit de laisser faire Tamas. Mais lorsque je sentis sa langue sur mes lèvres fermées, je paniquai. Il batailla jusqu'à ce que j'éclate en sanglots.

Agnès s'interrompit brusquement et me regarda, l'air complètement ahuri :

« T'es folle quoi !

— Je veux m'en aller. J'ai peur.

— *It will be O.K., stay, stay* », disait Tamas l'air apitoyé, cherchant à comprendre une situation visiblement nouvelle pour lui.

Je mis fin ainsi aux ébats d'Agnès qui m'en voulut furieusement. Dans l'autobus qui nous ramena chez elle, où je passais la nuit, elle n'eut de cesse de revenir sur le sujet.

« Je te comprends pas. Aimes-tu les garçons, oui ou non ?

— Oui, mais ils veulent toujours embrasser. Moi, je veux parler avec eux.

— L'un n'empêche pas l'autre. Tu te laisses embrasser jusqu'à ce que tu sentes qu'il faut que t'arrêtes. Ils vont pas te violer.

— Oui, mais le péché mortel dans tout ça ?

— Ah ! Évidemment. C'est un problème. Je ne sais pas quoi te dire. Ou t'acceptes de prendre le risque d'en commettre ou tu rentres chez les sœurs. Je vois pas d'autres solutions. En fait, on est prises au piège... C'est vrai... »

Sa colère était retombée. Ce soir-là, nous nous sommes

endormies très tard pesant encore une fois les avantages et les désavantages de la fréquentation du sexe fort.

Toute ma vie, j'avais eu le sentiment de dépasser mon milieu. Cette fois, il me rattrapait. Plusieurs compagnes continuaient leurs études vers le baccalauréat. Elles en rêvaient tout haut. « L'an prochain, au collège », aimaient-elles à répéter. Je les écoutais, silencieuse. Et mon « an prochain » à moi, que serait-il ? Je l'ignorais, sachant seulement qu'il me faudrait gagner de l'argent.

Je réussis à ne pas échouer aux examens. J'y mis une ardeur désespérée. Chaque critique m'atteignait personnellement.

« Vous êtes un porc-épic, ma chère fille », me dit un jour sœur Saint-Jacques avec affection.

Cette remarque me blessa davantage qu'un reproche. Je n'étais plus « parlable », j'étais arrivée au bout de mes forces. Je déposais les armes, vaincue. Les préparatifs du bal de *graduation* accentuèrent mon humeur chagrine. Une élève charitable me trouva un chevalier servant, un garçon blême et pédant qui militait dans une société de tempérance. S'interdisant non seulement de consommer mais aussi d'offrir de l'alcool à autrui, il me priva du traditionnel *gin gimlet* de la *graduation*. Dans une robe d'organza qui me vieillissait, je passai la soirée à siroter du jus d'orange en regardant danser les autres, supportant poliment le monologue de mon compagnon sur les prouesses guerrières d'Ignace de Loyola dont il espérait suivre les traces en se faisant s.j. J'eus un sursaut de révolte à la fin de la soirée. Non, il n'était pas obligé de me raccompagner à la maison. D'ailleurs, il économiserait le taxi. Il fut d'abord étonné puis, l'idée de conserver intact le billet de 5 dollars qu'il avait en poche, le réjouit. « Merci,

merci beaucoup.» Il avait passé une belle soirée. Il aimait discuter avec moi. Je n'avais pratiquement pas ouvert la bouche.

La semaine suivante, je fis la connaissance de la cousine de Claudia, secrétaire dans un bureau d'avocats. Je m'informai de son travail et des possibilités d'emploi. Elle m'assura que, sans le diplôme de dactylo, les portes resteraient fermées. En revanche, elle cherchait quelqu'un pour accompagner, le samedi suivant, un futur ingénieur, fraîchement arrivé d'Angleterre, pour faire un stage à Montréal. Elle l'avait rencontré la semaine précédente, mais c'était son ami, un Écossais, qui l'avait séduite.

«Il n'est pas beau mais il a du genre, me dit-elle. Et puis, il parle anglais avec un accent pâmant.»

Anthony ne se contentait pas d'être britannique. Il défendait l'Empire. Et, pour lui, l'Empire, c'était aussi chez nous. Je me bagarrai avec lui toute la soirée, jusqu'au moment où il me désarma en m'embrassant doucement, tout doucement, la paume de la main. Il me quitta sans même essayer de mettre sa bouche sur la mienne. J'étais surprise, contente et presque déçue.

Le lendemain matin, j'avais mes premières règles. La vue du sang me répugnait, des douleurs lancinantes me déchiraient le bas-ventre, mais j'avais rejoint le clan des femmes. Je restai au lit toute la journée mais, le soir, rien n'aurait pu m'empêcher de retrouver mon Anglais. Une sortie à quatre était prévue avec la cousine et son Ron. Au restaurant, la discussion reprit, plus vive que la veille. Nous devions nous compter chanceux, nous les Canadiens français, d'être sous la protection de l'Angleterre sans laquelle nous aurions été dévorés par les Américains. Nous étions des citoyens britanniques, comme le spécifiait le passeport canadien. C'était un honneur. Et il fallait savoir que les colonies anglaises affranchies regrettaient maintenant la coupure du lien avec *the Great Britain*, assurait Anthony. J'étais folle de rage.

« Vous nous avez conquis et humiliés et aujourd'hui vous venez nous dire en anglais, parce que vous êtes incapables de parler notre langue, qu'on devrait se mettre à genoux et vous remercier. Vous nous prenez pour des simples d'esprit ou quoi !

— Ne confonds pas, très chère, disait mon cavalier, nous ne sommes pas des Canadiens anglais. Ce sont eux les imbéciles, pas nous. »

Je n'avais plus d'argument. La cousine tentait de me calmer. Ron me trouvait *passionnated* et Anthony, tout sourire, me caressait la nuque avec une précision qui diluait mon nationalisme.

Soir après soir, je faisais des efforts pour ne pas le revoir, mais ses provocations me ramenaient vers lui. La première fois où il insista pour m'embrasser un peu longuement, je le repoussai. Il s'en excusa.

« Tu es un chaton », dit-il, et il se tint tranquille.

Je lui expliquai ma morale catholique et lui fis promettre de la respecter.

« Tu es exotique. Ça m'attire beaucoup. »

Je n'étais pas sûre que ce fût un compliment. Mais il me regardait avec une telle tendresse que je ne pouvais douter de lui.

Plus nos conversations étaient cinglantes, plus il se faisait doux ensuite. Je le détestais pour ce qu'il pensait de nous et je m'attendrissais de ce qu'il pensait de moi. Un soir, après qu'il m'eut affirmé que si nous étions si humiliés, nous n'avions qu'à nous révolter comme les Hindous et que, tant que nous en étions incapables, nous n'avions qu'à subir notre sort d'inférieurs, je lui sautai au visage. D'abord surpris, il me mata facilement. Je me mis à pleurer. Il fondit, me demanda pardon et, à force de m'embrasser partout sur le visage, anesthésia ma conscience. C'est ainsi que mon premier *french-kiss* me vint d'un Britannique.

Le lendemain matin, je me rendis à confesse. Le même soir, je récidivai. Le matin suivant, je fus à genoux devant le prêtre. Le soir, je succombai encore. J'attendis l'après-midi du jour suivant pour me confesser de nouveau. Anthony m'accompagna. De l'intérieur du confessionnal, avant que s'ouvre le guichet, je pouvais l'apercevoir assis, les bras croisés. Je réalisai alors que je n'avais plus le ferme propos de ne plus recommencer, condition essentielle pour être pardonné de ses fautes. J'en fus bouleversée. Il ne fallait plus succomber. Je le lui dis en quittant l'église.

« C'est ridicule, mais nous allons tenter d'y parvenir puisque tu y tiens », m'assura-t-il en hochant la tête.

Ce soir-là, nous nous rendîmes dans un cinéma de l'Ouest pour voir un film anglais qu'il avait choisi. Pendant le *God save the Queen* qui servait d'hymne national au Canada et qu'on jouait à la fin de chaque séance, je ne me levai pas. Debout, à mes côtés, droit comme un soldat, il m'ignora. En remontant l'allée, des spectateurs me jetèrent des regards scandalisés. Il ne prononça pas un mot, ne commenta pas mon geste et respecta sa promesse. Le dimanche, il m'accompagna à la messe. Durant la consécration, il ne bougea pas. Je le tirai par la veste pour l'obliger à s'agenouiller. Rien n'y fit. Après l'élévation du ciboire, il se pencha vers moi et murmura à mon oreille :

« Tu ne respectes pas mon hymne national, je ne respecte pas ta messe catholique. »

Et il me gratifia de son plus beau sourire.

Les *french-kiss* recommencèrent. Je me sentais très coupable mais je ne pouvais plus décemment me confesser avec l'occasion prochaine de pécher à mes côtés. Anthony manifesta plus d'audace. Ses caresses se firent plus précises de soir en soir. Je le laissai toucher mes seins, mais j'érigeai un barrage au-delà. Il me suppliait en disant que mes exigences étaient au-dessus de ses forces. Ma détermination se révélait plus grande que mon amour, à la mesure de ma peur et de mes principes. Je ne ferais l'amour qu'avec mon mari, et mon mari ne pouvait pas être anglais.

A la fin de l'été, j'accompagnai Anthony à son bateau, amarré dans le port de Montréal. Nous étions effondrés, incapables de nous détacher l'un de l'autre. Si bien que nos adieux se multiplièrent, augmentant la déchirure de la séparation. Enfin, le navire s'éloigna et je restai debout à le regarder descendre le fleuve Saint-Laurent. Cette peine immense qui m'habitait, c'était une vraie peine d'amour. J'y avais accédé, donc j'étais sauvée. J'aimerais encore.

Je trouvai un emploi de réceptionniste dans un bureau d'avocats. Ma mère jubilait. Je ne pouvais que réussir, entourée de célibataires exerçant une si belle profession. La plupart me regardaient de haut. Ils s'attardaient plutôt autour des secrétaires coiffées et maquillées comme dans les revues de mode. Avec mes talons plats, ma bouche à peine rougie et mon côté garçonne, je n'étais pas tout à fait leur type.

« Arrange-toi donc comme une vraie femme », me disait-on lorsque le samedi soir arrivait sans invitation.

« Pas étonnant qu'il y ait seulement un Anglais ne connaissant pas un chat à Montréal qui soit tombé sur toi », répétait ma mère.

Je l'aurais tuée... Et, parce qu'au fond de moi, je la croyais, je me jurai de lui donner tort un jour.

Une compagne de bureau, différente elle aussi des autres jeunes filles, me parla des études qu'elle poursuivait le soir à l'université de Montréal, cours menant au baccalauréat. Je la questionnai davantage et je découvris que je pouvais m'y inscrire. Surexcitée, j'en parlai à ma mère.

« Ah ! non, tu ne vas pas te fatiguer le soir. Une belle façon de mal travailler le jour et de te faire mettre à la porte de ton bureau. »

Je capitulai momentanément. En attendant, je m'instruirais moi-même. Je lus les journaux, régulièrement, dans l'autobus et m'achetai trois livres de poche par semaine. Je m'abonnai à un club de disques classiques. Je choisis au hasard des musiciens dont je connaissais le nom, car je n'avais jamais entendu leurs œuvres. Je me procurai un petit tourne-disque et, enfermée dans ma chambre, je tentai d'aimer cette musique que les gens devaient aimer pour être cultivés. Je pensais souvent à Anthony qui m'écrivait des lettres enflammées auxquelles je répondais en utilisant parfois des extraits de sainte Thérèse d'Avila dans ses moments d'extase. Et, un dimanche de la fin octobre, je décidai de ne pas aller à la messe.

« Si tu ne vas pas à l'église, tu vas aller demeurer ailleurs, cria ma mère.

— Et lui ? Il n'y va pas.

— C'est pas la même chose. C'est ton père.

— Eh bien ! je suis pareille. »

Je restai étendue sur mon lit, toute la matinée. Le cœur me battait, mais j'avais les yeux secs. Et je me sentais vivre. Vivre.

IMPRIMERIE BUSSIÈRE À SAINT-AMAND (4-90)
DÉPÔT LÉGAL MARS 1990. N° 11625-2 (1106)

Collection Points

SÉRIE ROMAN

DERNIERS TITRES PARUS

R360. L'Atelier du peintre, *par Patrick Grainville*
R361. Le Train vert, *par Herbert Lieberman*
R362. Autopsie d'une étoile, *par Didier Decoin*
R363. Un joli coup de lune, *par Chester Himes*
R364. La Nuit sacrée, *par Tahar Ben Jelloun*
R365. Le Chasseur, *par Carlo Cassola*
R366. Mon père américain, *par Jean-Marc Roberts*
R367. Remise de peine, *par Patrick Modiano*
R368. Le Rêve du singe fou, *par Christopher Frank*
R369. Angelica, *par Bertrand Visage*
R370. Le Grand Homme, *par Claude Delarue*
R371. La Vie comme à Lausanne, *par Erik Orsenna*
R372. Une amie d'Angleterre, *par Anita Brookner*
R373. Norma ou l'exil infini, *par Emmanuel Roblès*
R374. Les Jungles pensives, *par Michel Rio*
R375. Les Plumes du pigeon, *par John Updike*
R376. L'Héritage Schirmer, *par Eric Ambler*
R377. Les Flamboyants, *par Patrick Grainville*
R378. L'Objet perdu de l'amour, *par Michel Braudeau*
R379. Le Boucher, *par Alina Reyes*
R380. Le Labyrinthe aux olives, *par Eduardo Mendoza*
R381. Les Pays lointains, *par Julien Green*
R382. L'Épopée du buveur d'eau, *par John Irving*
R383. L'Écrivain public, *par Tahar Ben Jelloun*
R384. Les Nouvelles Confessions, *par William Boyd*
R385. Les Lèvres nues, *par France Huser*
R386. La Famille de Pascal Duarte
par Camilo José Cela
R387. Une enfance à l'eau bénite, *par Denise Bombardier*
R388. La Preuve, *par Agota Kristof*
R389. Tarabas, *par Joseph Roth*
R390. Replay, *par Ken Grimwood*
R391. Rabbit Boss, *par Thomas Sanchez*
R392. Aden Arabie, *par Paul Nizan*
R393. La Ferme, *par John Updike*
R394. L'Obscène Oiseau de la nuit, *par José Donoso*
R395. Un printemps d'Italie, *par Emmanuel Roblès*
R396. L'Année des méduses, *par Christopher Frank*
R397. Miss Missouri, *par Michel Boujut*
R398. Le Figuier, *par François Maspero*
R399. La Solitude du coureur de fond, *par Alan Sillitoe*